KB162483

韻山漢詩
辛未至壬午集

韻山漢詩
辛未至壬午集

초판 인쇄 2023년 11월 17일
초판 발행 2023년 11월 24일

지 은 이 이영주
펴 낸 이 이대현

편 집 이태곤 · 권분옥 · 임애정 · 강윤경
디 자 인 안혜진 · 최선주 · 이경진
마 케 팅 박태훈

펴 낸 곳 도서출판 역락
주 소 서울시 서초구 동광로 46길 6-6(반포4동 문창빌딩 2F)
전 화 02-3409-2060(편집부), 2058(영업부)
팩 스 02-3409-2059
등 록 1999년 4월 19일 제303-2002-000014호
이 메 일 youkrack@hanmail.net
홈페이지 www.youkrackbooks.com
ISBN 979-11-6742-615-4 03810

辛未至壬午集

韻山漢詩

이영주

역락

序

蹣跚學步留寫眞

片片自使羞顏赤

知宜删去何選集

未忍全削蛾述跡

서시

뒤뚱거리며 걸음마 배우던 모습
사진으로 남아 있어
한 장 한 장 볼 때마다
부끄러운 마음에 얼굴 붉어진다

없애버려야 마땅한 줄 알면서도
왜 골라 모아 놓았는가
개미처럼 부지런히 배우던 자취를
차마 다 없앨 수 없어서라

이 책에 수록된 시는 신미년부터 임오년까지 지은 것으로, 2004년에 〈계미집癸未集〉을 처음 출간했을 때 계미년에 지은 것과 함께 수록했던 것이다. 이번에 역문을 붙여 이전 시집을 새로 출간하게 되면서 계미년 시와 분권하고 서시序詩도 새로 썼다. 10여 년간의 습작 가운데 골라낸 것이지만 지금 다시 보니 그 형편없는 수준에 낯이 뜨겁다. 어릴 적의 사진에 보이는 얼굴도 내 얼굴이라 버릴 수 없는 것처럼 차마 없앨 수 없어 일부 수정하여 다시 세상에 내보인다.

目次

辛未元旦

曆肇一年今又逢
庭禽呩亦喜經冬
遠山近野習風起
下地上天和氣溶
俎豆茶陳神福錫
椿萱歲拜德談從
侍親追遠祈何事
篤學修身踐敬恭

신미 해 설날

한 해가 시작되는 날을 오늘 또 만나니
뜰의 새 재잘거림도 겨울 지난 것을 기뻐하는 듯
멀고 가까운 산과 들에 동풍이 일고
위아래 땅과 하늘에 화기和氣 넘실거린다

상 차려 차 진설하니 신이 복을 주실 터
부모님께 세배드리니 덕담이 이어진다
어른 모시고 먼 조상 추념하면서 무엇을 기원하나
독실하게 배우고 몸 닦아 공경의 도리를 실천하는 것이지

신미년은 1991년이다.

示兒

祖先輕富自淸門
文望相承遠有源
莫與世推爲自失
學詩學禮守心存

아들에게

대대로 부富를 가벼이 여겨
본디 청빈한 집안
글 잘한다는 명망 이어 온 것은
먼 할아비 때부터이다

세속을 따라 살다가
나를 잃지 말 것이니
시 배우고 예를 배워
바른 마음 지키거라

春分日遊山

陰陽今日半分成
天道無差推步精
登嶺行溪探節候
鳥鳴水響是春聲

춘분날 산에서

오늘
음과 양이 반을 나누었으니
천도는 차질 없어
시절의 운행 정묘하다

고개 오르고 시내 걸으면서
절후를 살펴보니
새 소리 물소리
그 모두가 봄 소리이다

讀梅月堂傳後作

忽起狂飇頹衆樹
梅根特立操無移
芳流萬古爲標準
但恨高姿不共時

매월당 전기를 읽고

미친 회오리바람이 홀연 일어
뭇 나무 쓰러졌지만
매화나무 뿌리는 홀로 우뚝 서서
절조가 변함없었다

그 향기 만고에 흘러
본보기가 되었지만
고매한 그 자태와 때를 함께하지 못하니
못내 한스럽구나

餞春

踏野尋芳恍如昨
落英忽舞綠溪邊
春光日減幾多量
酩酊臥山呼問天

봄을 전별하다

들길 밟으며 봄 향기 찾아다닌 것이
어제 일 같이 아련한데
떨어지는 꽃잎이 홀연 푸른 시냇가에서 춤을 춘다

봄빛을 날마다 얼마씩 줄이시는가
술 취해 산에 누워서
하늘에 소리쳐 물어본다

初夏

昨日紅光滿樹明
今看白絮撲人輕
莫傷好景隨時去
綠蔭風情勝落英

초여름

어제는
붉은 꽃 빛이 나무 가득 밝더니만
오늘 보니
흰 버들 솜이 가벼이 날리며 얼굴을 친다

좋은 경치가 시절 따라 가버렸다고
마음 아파하지 말아야지
녹음이 만드는 이 풍정이
낙화보다 나으니

夏雲二首 其一

萬嶺千峯殊暗明
谷光變幻妙難名
忽晴忽雨濃嵐綠
雲物涵虛反有情

여름 구름 제1수

수많은 재와 봉우리의 명암을
다르게 만들고
골의 빛 이리저리 바꾸는 묘한 재주는
말로 표현하기 어려울 지경

홀연 갰다가 홀연 비를 뿌려
산 기운 푸른빛도 짙게 만드니
구름은 속에 허무를 담고 있으면서도
나름 정이 있었구나

하늘에 구름이 어떻게 그리고 얼마나 끼었느냐에 따라 산봉우리와 골짝의 명암이 천변만화한다. 특히 비가 자주 뿌리는 여름에 이런 현상이 두드러진다.

夏雲二首 其二

四季循環推步明
風光各占不爭名
澤潭水滿嶺松秀
奇態峯雲皆畵情

여름 구름 제2수

네 계절 순환하여
천상天象의 운행 분명한데
각기 풍광을 차지하되
제 이름 내세우려 다투지 않는다

물 가득한 봄 못
소나무 빼어난 겨울 산 고개
기이한 봉우리 모습의 여름 구름에
모두 그림 같은 정취가 있다

〈사시四時〉 시에서 "春水滿四澤, 夏雲多奇峯. 秋月揚明輝, 冬嶺秀孤松.(봄물이 사방 못에 가득하고, 여름 구름에는 기이한 봉우리 모습이 많다. 가을 달은 밝은 빛을 드날리고, 겨울 봉우리에는 외로운 소나무가 빼어나다.)"이라고 하였다.

霖雨中遊山二首 其一

雲龍得勢造功靈
今作淫霖蔽太清
暇日幽人別無事
入山欲娛漲溪聲

장마 중에 산에서 놀다 제1수

구름 속 용이 세勢를 얻으면
하는 일이 신령스러운데
오늘은 장맛비를 만들어
푸른 하늘을 덮어 가렸다

쉬는 날 한가로운 사람
달리 할 일 없으니
산에나 들어가서
계곡 불어나는 소리 들어 볼까

霖雨中遊山二首 其二

乍出乍收山霧靈
忽晴忽雨樹光淸
豪情甘作身頹玉
醉臥猶聞打葉聲

장마 중에 산에서 놀다 제2수

번듯 나왔다가 번듯 걷히어
산중의 운무 영활靈活하고
갑자기 갰다가 갑자기 비가 내려
나무 빛이 깨끗하다

비 기운에 호기가 생기니
산 무너지듯 쓰러지는 몸이 되어도 좋겠다 싶어
취하여 누워서는
잎 때리는 빗소리 여전히 듣고 있다

'玉山頹(옥산이 무너지다)'라는 말이 있다. 술에 취해 사람 몸이 쓰러지는 것을 비유한다. 《세설신어世說新語》에 나온다.

南漢山城卽景

一區村在青山頂
傍有清溪響滿林
流水雖無桃蘂泛
自成別界洗塵襟

남한산성 풍경

푸른 산머리에
마을 하나
옆으로 흐르는 맑은 시냇물 소리가
숲에 가득 울린다

그 흐르는 물에
떠다니는 복사꽃은 없어도
절로 별천지를 이루며
속인의 옷깃을 씻어 준다

讀海林公自題書舍詩次其韻二首 其一

西岡故里蕨薇生
書舍油燈照古檠
蘆浦雲飛情自溢
獐巖雨歇氣尤淸
時尋幽徑遠塵想
日省先塋傾孝誠
家業繼承遊六藝
題詩掛壁志分明

- 海林公姓金名燦求(해림공은 성이 김 씨이고, 이름은 찬구이다.)
- 蘆浦川名獐巖山名(노포는 시내 이름이고 장암은 산 이름이다.)

해림공이 글방에 스스로 써서 붙인 시를 읽고 차운하다 제1수

고사리가 자라는
서강 옛 동리
기름 등이 옛 등잔걸이 비추는
글방이 있다
그곳 노포에 구름이 날 때면
정취 절로 넘치고
장암산에 비 그치면
기운 더욱 맑아라

때로 그윽한 길 찾으며
속된 생각 멀리하고
날마다 선영 살피며
효성을 다하신다
가업을 이어서
육예六藝에서 노니시니
벽에 걸어놓은 당신 시에
그 뜻이 뚜렷하다

讀海林公自題書舍詩次其韻二首 其二

兩鬢華光自已生
士猶弘毅對書檠
南流麗水胸心潔
北有雄山節氣淸
樂樂吟情彭澤貌
欒欒盡孝伯兪誠
潛研詩禮揚家業
此志兒孫繼代明

해림공이 글방에 스스로 써서 붙인 시를 읽고 차운하다 제2수

두 살쩍의 흰빛이야
절로 이미 생겼지만
선비께선 여전히 큰 뜻과 굳은 의지로
책상 등불을 마주하신다
남쪽에 아름다운 물 흘러
마음을 깨끗이 씻으시고
북녘에 있는 웅대한 산 기운에
절조를 맑게 하실 터

즐겁게 정을 읊조리니
팽택의 풍모이고
효성 다하느라 수척해진 것은
백유의 정성이다
시와 예를 깊이 연찬하여
가업을 드날리리니
자손들도 대를 이어
이 뜻을 밝히리라

'팽택'은 도연명이다. '백유'는 한漢 나라 사람으로 유명한 효자이다.

[原韻]

志事無成白鬢生
桑榆晚計對書檠
層巒近戶朝嵐滴
半院栽花夕氣淸
蘆浦垂竿遐俗想
獐巖掃壟寓微誠
世德詩禮箕裘業
聊恃兒孫繼述明

[원운]

뜻한 일 이룬 것 없이 흰 살쩍만 생겨났으니
노년에 꾀할 일은 책상 등잔걸이를 마주하는 것
층층의 산이 문에 가까워 아침 산 기운이 방울져 떨어질 듯
뜰 반쪽에 심은 꽃에는 저녁 기운이 맑아라
노포에 낚싯대 드리우고서 속된 생각 멀리하며
장암산에서 산소를 비질하며 작은 정성 부친다
대대로 덕을 쌓고 시와 예를 익히던 선조의 일
앞으로 후손이 분명하게 이어가리라고 그저 믿을 뿐이다

賀李校長丈人定年退職

君子彛常本法天
孔顔其道有良緣
育才立志靑衿日
經校成功白髮年
昨導雛兒勞卓案
今扶鶴老返園田
登臨信步時耘耔
樂命無疑性自全

• 校長先生吾師允齋先生之叔兄(교장 선생님은 나의 스승인 윤재 선생의 막내 형이시다.)

이 교장 선생님의 정년퇴직을 축하하다

군자이신 교장 선생님의 떳떳한 행위는
본래 하늘을 본받은 것
공자님 안자님의 도덕과
좋은 인연이 있었으니
인재를 기르려는 뜻
학창 시절에 세우고
학교를 경영하여
백발의 나이에 공을 이루셨구나

어제는 어린아이 이끌어 주시느라
교탁과 책상에서 수고롭더니
오늘 학발鶴髮 노구를 부축하며
전원으로 돌아가신다
발 가는 대로 산에도 오르고 물가에도 갔다가
때로는 밭에서 김매기도 하실 터
천명을 의심 없이 즐기시리니
타고난 그 천성 절로 온전하시리라

初夏山中卽事

清泉細細出石間
揖注兩手洗汗顔
日午枕溪聽水響
殘花閑數逐蝶還

초여름 산속에서

맑은 샘물이
가늘게 바위 사이에서 나오기에
두 손에 떠서 담아
땀 젖은 얼굴 씻었다

정오 한낮에 시내를 베고
물 흐르는 소리 듣다가
남아 있는 꽃이 몇인가 한가로이 세면서
왔던 길을 나비 뒤쫓으며 되돌아간다

贊百結先生示內

結鶉衣着睟容平
懸磬室居和氣盈
若使無妻共夫志
奏琴何代碓舂聲

백결선생을 찬양하는 시를 지어 안사람에게 보이다

메추라기로 깁은 듯한 옷을 입어도
온윤溫潤한 얼굴이 평온했고
경쇠 매단 듯한 집에 살아도
화기和氣가 가득했다

지아비와 뜻을 함께하는 처가
만약 없었다고 한다면
가야금 연주로
어찌 방아 찧는 소리를 대신할 수 있었을까

'현경懸磬'은 실내에 있는 것이라고는 경쇠걸이처럼 보이는 들보뿐인 가난한 집을 뜻한다. '현순懸鶉'은 옷이 떨어져 여기저기 깁은 모양이 메추라기를 매단 듯한 것을 말한다. '현순백결懸鶉百結'이란 말이 있는데, 백결선생에게 딱 맞는 말이다. 백결선생에게 현숙한 처가 없었다면, 세모에 태연하게 방아타령이나 연주할 수 있었을까?

除夕

羲娥反復崦嵫路
錦瑟華年石火中
何須此夜事追往
歲月如環無始終

섣달 그믐날

희화羲和와 소아素娥가
엄자산 길을 반복하여 가더니
금슬같이 좋던 한 해가
부싯돌 불처럼 사라졌다

이 밤 제야라 하여
굳이 추억을 일삼으랴
세월은 고리 같아
끝도 시작도 없는 것인데

'희화'는 해를 뜻하고 '소아'는 달을 뜻한다. 모두 신화에 나오는 인물이다. '엄자산'은 해가 지는 곳에 있다고 하는 산으로 역시 신화 속 지명이다. 이상은李商隱의 〈금슬錦瑟〉 시에 "錦瑟無端五十絃, 一絃一柱思華年.(아름다운 슬이 무단히 쉰 현이라, 현 하나 기러기발 하나에 좋은 시절 생각난다.)"이라는 말이 있다.
제석이라 하여 한해를 돌이켜 볼 필요가 있을까? 연속된 시간을 인위적으로 획정하여 만든 날일 뿐이다.

上元

鼠火踏橋行月令
呼兒慈母祝聽明
仰看無缺團團影
黙禱今年萬事成

대보름

쥐불놀이 다리 밟기
월령을 하는 날
아이 이름 부르는 인자한 어머니는
귀 밝기를 축원하신다

이지러진 데 없이 둥글고 둥근 달
올려다보면서
올해 만사가 잘되기를
마음속으로 기도한다

上元日寄同鄉友

滿月團團照漢城
他鄉異客自孤情
出關求學當年志
歸路錦衣何日成

대보름날 고향 친구에게

둥근 보름달이
한성을 비추니
타향에 사는 사람은
심사 절로 외롭다

고향 떠나 배움을 구하겠다고
당시에 뜻을 세웠는데
어느 날에
비단옷 입고 귀로에 오를까

耽羅島

海若斧岩羅島濱
靈山鎭火育生民
石翁微笑餘和氣
三姓同根自有親

탐라도

바다의 신 해약이 도끼질한 바위가
섬 물가에 늘어선 곳
영산이 불기운 눌러
백성을 기른다

돌하르방의 미소에는
온화한 기운 넘치고
세 성씨 뿌리를 같이하여
절로 친하게 지낸다

春雨

東風習習吹春雨
萬物滋濡氣洽融
水滴觸枝花卽發
巧如畵手筆端同

봄비

살랑살랑 동풍이
봄비를 불어 보내니
만물이 비에 젖어
기운이 따사롭다

빗방울이 가지에 닿자
꽃이 바로 피어나니
그 솜씨 교묘함은
화공의 붓끝 같아라

與友人遊漢水

春日淸江淑氣和
駕舟覽物興餘多
勸君須盡眼前酒
此樂此情將幾何

벗과 한강에서 노닐다

봄날의 맑은 강
맑은 기운 온화하여
배 타고 경물 보니
흥이 넘쳐나는구나

그대에게 권하니
눈앞의 술 다 비우시라
이런 즐거움 이런 정이
앞으로 얼마나 있겠는가

小金剛武陵溪

九龍長瀑振轟聲
流水劈岩仙界成
彭澤何須覓桃洞
青山皆有武陵名

소금강 무릉계

구룡 긴 폭포가
우르릉 소리 떨치며
흘러내리는 물이 바위를 쪼개어
선계를 이루었다

팽택은 무엇 하러
복사꽃 골을 굳이 찾아다녔나
푸른 산 어디에나
무릉이라는 이름이 있거늘

送春迎夏

風吹溪曲落英流
繡景青陽難駐留
園蝶得時飛態麗
谷禽依舊哢音幽
欅枝漸綠或知喜
柳絮雖飄何語愁
乘化去來無所惜
又迎炎帝共歡遊

봄을 보내고 여름을 맞이하다

바람 부는 시내에
꽃잎 떨어져 흐르니
경치를 수놓던 봄이
더는 머물기 어려워라

동산의 나비는 때를 만난 듯
나는 모습 아름답고
골짝의 새도 여전하여
지저귀는 소리 그윽하다
느티나무 가지 점점 푸르러지니
혹 기뻐할 줄 아는 걸까
버들은 솜이 날려도
시름겹다 하지 않네

조화의 법 따라 오가는 것에
애석할 게 없으니
다시 여름의 신 염제를 맞이하여
함께 즐겁게 놀면 되지

夏日遊北漢山城

炎夏穿林上古城
旺洋生氣步行輕
崇山雲着盪胸色
深壑風嘘淸耳聲
衆物得時繁物性
吾人同化樂人生
日斜高枕松根瞰
一派長江億戶京

여름날 북한산성에서

더운 여름날 숲을 뚫고
옛 성에 오르니
가득한 생기에
발걸음이 가벼워라

높은 산의 구름은
가슴 후련하게 해주는 빛을 띠었고
깊은 골짝 바람은
귀를 씻어주는 소리를 내쉰다

만물이 때를 얻어
그 모습이 번성해지니
나도 동화되어
인생이 즐겁구나

해 비낄 적에
소나무 뿌리 높이 베고서 내려다보니
억만 가구의 서울에
한 줄기 긴 강이 흐르고 있다

讀大學後作

致知奚必五車讀
簡要一章爲指南
平治當從自明始
聖經綱領在於三

≪대학≫을 읽고

앎을 이루려고
다섯 수레의 책을 읽을 게 있나
간요한 이 책의 한 장章이
지침이 되는구나

치국과 평천하는
자신의 덕을 밝히는 데에서 시작해야 할 터
성인 경전의 강령은
세 가지 도리에 있구나

타고난 자신의 덕을 밝히고 남을 이끌어 주고 지극한 선을 굳게 지키는 것, 이 세 가지가 유가 경전의 강령이라는 사실을 ≪대학≫을 통해 알 수 있다. "男兒須讀五車書(남아는 다섯 수레의 책을 읽어야 한다)"라는 말이 있다. 두보의 시에 나오는 말이다. 도리를 파악하고 그것을 실천하는 데에 학문의 가치가 있으니, 다섯 수레에 가득한 많은 책을 읽어 지식만 늘리는 게 무슨 의미가 있겠는가?

遇讀竪碑韻次之

亭亭玉石是誰誠
孝子孝心其事成
父祖平生修大德
兒孫世代繼休聲
趨庭常受訓言懇
掃壟應知遺志明
可料後時加奮力
揚名以盡慕親情

비를 세우고 쓴 시를 우연히 보고서

우뚝 선 옥돌은
누구의 정성인가
효자의 효심으로
그 일을 이루었지

아버지와 할아버지가
평생 큰 덕을 닦았으니
자손은 대를 이어
아름다운 그 명성을 계승하리라

뜰을 종종걸음으로 지날 때
늘 간절한 가르침 받았으니
묘를 쓸면서
남기신 그 분명한 뜻 알게 되었으리라

짐작하건대
이분은 훗날 더욱 분발하여
이름을 드날려서
어버이 사모하는 정을 다 이루었겠지

[原韻]

不肖無力又無誠
僅得貞珉竪此成
父祖當年遺偉蹟
兒孫百世繼家聲
淸溪萬派流音活
洞壑千林瑞色明
在上英靈如有涉
經過應識慕衷情

[원운]

불초자가 능력이 없고 정성도 없어서
겨우 옥돌 구해 비를 세우는 일만 하였구나
아버지와 할아버지가 당년에 큰 업적을 남기셨으니
자손은 백 대代에 집안 명성 이어가야지
맑은 시내 만 줄기에 흐르는 물소리 살아있고
골짝의 많은 숲에 상서로운 빛이 또렷하네
하늘에 계신 영령이 다니시게 된다면
지나는 길에 응당 이 사모하는 마음을 아시게 되겠지

晴日過巫峽

長風蕩蕩逐雄山
赤水廻廻映險關
晴日仙容何處在
遙看巫峽白雲間

맑은 날 무협을 지나다

긴 바람 호탕하게
큰 산을 좇아 불고
붉은 물 굽이굽이에
험한 관문이 비친다

이 맑은 날
선녀의 모습은 어디에 있을까
무협의 흰 구름 사이를
저 멀리 바라본다

장강 상류의 물은 탁하다 못해 붉게 보이는 곳도 있다. 무협에 선녀봉이 있다.

遊三遊洞放翁酒家

造化揮斤石洞開
由來賢蹟印蒼苔
放翁對酒當何景
萬里長江滾滾來

삼유동 방옹주가에서

조화옹이 도끼를 휘둘러
바위 동굴을 열었으니
그 뒤로 현인의 자취가
푸른 이끼에 찍혀 있다

방옹은 술 마실 때
어떤 경치를 대했을까
도도하게 흐르는 만 리 장강이
눈앞에 흘러오고 있었겠지

삼유동은 호북성湖北省 의창宜昌에 있다. 방옹은 송나라의 시인인 육유陸游의 호이다. 삼유동 옆의 방옹주가가 장강長江 가에 자리하고 있으니, 육유는 도도하게 흘러오는 장강 물을 바라보며 거나하게 취하지 않았을까?

賀友人椿府丈壽筵

古城古宅設華筵
賀客皆稱主德全
修己平生行大路
立人終老積良緣
松光晚翠霜庭裏
雲影閑浮雪嶺邊
衆獻南山無盡壽
又期百歲自今延

벗의 춘부장 수연을 축하하다

오래된 성의 오래된 저택에
좋은 잔치자리 펼쳐지니
주인의 덕 온전함을
하객 모두 칭송한다

자신의 몸을 닦아
평소 큰길로만 다니셨고
남을 세워주시면서
늙도록 좋은 인연 쌓으셨지

서리 내린 이 집 뜰에는
솔 빛이 늦게까지 푸르고
눈 쌓인 저 고개 위에는
떠 있는 구름이 한가롭다

남산처럼 다함 없는 수를 누리시라고
뭇사람 축수하니
지금부터 백세가 다시 이어질 것을
기대할 수 있으리라

除夕

憶想元朝瑞氣中
誓言立志毅而雄
沒頭學悟詩書訓
跂足窺知鄒魯宮
荏苒費時何事達
崢嶸除夕所期空
圖南幸有吾年富
明早再追鵬翼風

섣달 그믐맘

돌이켜 생각해보니
지난 설날 상서로운 기운 속에서
뜻을 굳세고 씩씩하게 세우겠다고
맹세하여 말하였지
깊이 몰두하여
시서詩書의 가르침 배워 깨닫고
높이 발돋움하여
공맹孔孟의 경지를 엿보아 알겠다고도 했지

시일을 그냥 보냈을 뿐
무슨 일을 이루었나
세월 흘러 제석이 되었으니
기약한 게 허사구나
다행히도 나에게 남은 해가 많아
먼 길을 갈 수 있으니
다시 내일부터
바람을 탄 붕새의 날개를 따라야겠다

讀栗谷先生書簡後感

才識弘深器宇寬
大方君子士林冠
潛研性理爲儒伯
躬踐信忠稱直官
方簡示津情已懇
後車循軌道無難
敢期涵泳知滋味
遺訓書紳日日看

율곡 선생 편지글을 읽고

재주와 식견 심후하고
마음 그릇이 넓으시니
크나큰 군자로서
사림士林의 으뜸이시다
성리학을 깊이 연찬하여
유종儒宗이 되셨고
신의와 충절을 몸소 실천하여
강직한 관리라 칭해지셨지

간찰簡札을 통해 지침을 알려주시니
그 마음 간곡하여
뒤따르는 수레가 그 자취를 따라가면
가는 길에 어려움이 없겠구나
남기신 가르침에 푹 젖어
깊은 맛을 알고 싶으니
허리띠에 써 놓고
날마다 보아야겠다

허리띠에 쓴다는 것은 가르침을 언제나 기억하며 실천하겠다는 뜻이다. 《논어論語》에 관련 고사가 있다.

上元得江字

瑞雪殘山映北窗
解氷爲水注南江
春風吹到四方野
圓月照臨千里邦
早飮淸醪昏耳暢
又嚐紅豆疫神降
上元夜半堂中娛
擲柶女男分作雙

대보름 '강江' 자를 운자로 얻다

서설瑞雪이 남아 있는 산이
북쪽 창에 비치고
얼음 녹은 물이
남쪽 강에 흘러든다
봄바람이
사방 들에 불어오고
둥근 달이
천 리 방역邦域을 비춘다

이른 아침 맑은 술 마시니
어두운 귀가 밝아지고
팥죽도 먹었더니
역귀가 달아난다
보름날 밤
집에서 즐기느라
남녀가 나누어 짝을 지어
윷을 던진다

험운인 '강江' 운을 쓰다 보니 시가 억지스럽다. 두보의 시를 확인해보니 오언율시와 칠언율시 각 한 편뿐이고 게다가 수구에는 압운하지 않았다. '강' 운으로 율시 짓기가 쉽지 않음을 알겠다.

燈夕

電氣明燈不夜城
雖言燈夕異風情
古今無變惟天月
此日圓形永歲成

등석

전기로 밝힌 등이
불야성을 이루니
등석이라 하여도
그 풍정이 다르구나

고금에 변함없는 것은
오직 하늘의 달
이날의 둥근 모습만은
영원하겠지

대보름을 '등석燈夕'이라 한다. 단 예전에 밝힌 등은 전등이 아니었다.

山城嘉會得徽字

山城早受卯方暉
時雨滋濡草木肥
前聖經營干國固
後人緬慕契心徽
羞陳盤石風鳴耳
杯洗淸流水漬衣
事蹟物光咸侑興
斜陽共醉不知歸

산성에서의 좋은 모임 '휘徽' 자를 운자로 얻다

산성은 아침 일찍 동쪽 하늘의 빛을 받고
때맞추어 내린 비에 젖어 초목이 살지다
옛 성왕聖王이 만들어서 나라 굳게 지킨 일을
후인이 생각하며 흠모하니 한마음이어서 아름답다

너럭바위에 음식 차리니 바람 소리가 귀에 울리고
맑은 개울에 잔 씻으니 물기운이 옷을 적신다
사적과 풍광이 모두 흥을 돋우니
석양에도 함께 취하여 돌아갈 줄 모른다

惜別故人

柳花煙景酒家衢
何事共爲狂飮徒
雄志異金頹日至
流年如水返時無
長離暫晤應哀汝
天際比鄰聊慰吾
但勸丈夫分袂席
鵬心唯顧向南圖

벗과의 이별을 아쉬워하다

버들과 꽃 아름다운 봄날 술집 거리에서
무슨 일로 오늘 함께 술 퍼마시고 있는가
씩씩하던 뜻은 쇠와 달라 망가지는 날이 오고
흐르는 세월은 물과 같아 돌아올 날이 없어서라

긴 이별 앞둔 잠시의 만남에 자네는 슬프겠지
벗이 있으면 하늘가도 이웃 같다는 말로 내 마음을 달래며
장부가 이별하는 자리이니
붕새의 마음으로 원대한 꿈만 돌아보라고 권할 뿐이네

왕발王勃의 〈송두소부지임촉주送杜少府之任蜀州〉 시에 "海內存知己, 天涯若比隣.(이 세상에 지기가 있다면 먼 하늘가도 가까운 이웃이나 마찬가지이다.)"이라는 말이 있다.

偶逢鄕友

里閭一別各西東
音信茫茫兩不通
千里思鄕望泛梗
卄年爲客恨飄蓬
酒家執手春暉漾
旅館酬杯月照朦
無奈明朝山水隔
難期世路後時逢

우연히 고향 친구를 만나다

동네 마을을 한 번 떠나 헤어진 뒤
사방 다른 곳에 떨어져 있었으니
소식은 아득하여
우리 서로 알지 못하였지

천 리 길 고향 그리며
흘러가는 나무토막 바라보았고
이십 년 나그네 생활에
날아다니는 쑥대 신세 한스러워했지

술집에서 손잡던 오늘 낮에는
봄빛 출렁거렸고
여관에서 술잔 주고받는
이 밤에는 달빛 몽롱하여라

내일 아침이면 산과 물이 가로막을 것이니
이를 어찌하랴
세상 길에서 뒷날 다시 만날 수 있을지
기약할 수 없구나

'범경泛梗'은 물에 흘러가는 나무토막으로 정처 없이 떠도는 신세를 비유한다. 《전국책戰國策·제책齊策》에 나오는 우언에서 유래한 말이다.

餞春

餞別竟爲山裏事
獨緣草徑入淸谿
殘花褪色隨風落
小鳥哀音隔葉啼
醉客傷時不忍去
斜陽知暮欲歸棲
春心莫發迎春曲
何奈送春千感萋

봄을 떠나보내다

이 송별은 결국 산속에서 할 일이어서
홀로 풀 길 따라 맑은 계곡에 들어섰더니
빛바랜 남은 꽃은 바람에 떨어지고
애잔한 소리의 작은 새는 잎 사이에서 울고 있다

취한 객은 시절에 마음 아파 차마 떠나지 못하는데
비낀 태양은 저물녘인지 알고서 돌아가 쉬려 한다
춘정春情 때문에 영춘곡을 노래하지 말 것이니
봄 떠나보낼 때 어수선한 그 심사를 어찌 견디려 하는가

떠나는 이가 봄이니, 그를 전송하는 자리로는 산이 제격이다. 춘심春心에 들떠 봄맞이 노래를 부르지 말 것이니, 그 봄이 갈 때의 아쉬움을 생각하면 차라리 봄이 오지 않는 편이 낫지 않을까?

金風滿天地

洌上將觀大有秋
早尋郊外步悠悠
金風稔野黃禾染
商氣侵山赤葉鎪
水減近溪多石出
天高遠嶺少塵浮
豳詩七月吟歸處
偶値田農問歲收

금풍金風이 천지에 가득하다

한강 가 풍년 든 가을을
둘러볼까 하여
아침 일찍 교외를 찾아
한가롭게 거닌다

금풍에 익어가는 들은
누런 벼로 물들었고
가을 기운이 침범한 산에는
붉은 잎이 새겨져 있다
물이 줄어
앞 시내에는 드러난 돌이 많거니와
하늘 높아
먼 재에는 떠 있는 먼지가 적다

빈풍 칠월 시를 읊조리며
돌아오는 길
우연히 마주친 농부에게
한 해 수확을 물어 본다

'금풍金風'은 가을바람이고 '상기商氣'는 가을 기운이다. '금金'과 '상商'은 오행에서 가을에 해당한다. '칠월'은 《시경·빈풍豳風》에 있는 시이다.

東都懷古

蘿井傍林響馬鳴
皇天降聖佑民生
運昇往昔東邦併
歲改來今古邑成
雁鴨池前秋草雜
月城樓上暮雲橫
千年王氣何邊在
四處祇園梵唄聲

동도 회고

나정 옆 숲에서
말 울음소리 들리더니
하늘에서 성인을 내려보내
백성의 삶을 도우셨다

운세가 상승하던 옛날에는
동국東國을 병탄하더니
세월이 바뀌어
지금은 고도가 되어버렸다

안압지 앞은
어지러운 가을 풀
월성루 위에는
비껴 있는 저녁 구름

천년의 왕기王氣는
어디에 있는가
사방 사찰에서
범패 소리 들린다

'동도'는 동쪽에 있는 도성이란 뜻으로 경주를 가리킨다.

秋日懷友人

義氏行西陸
他關又一年
蛬聲終夜響
雁陣向南連
鄉事因風憶
朋情寄月傳
兩居千里路
何日共衾眠

가을날 벗을 그리다

태양이 가을 하늘을 지나가니
타관살이 또 한 해가 지났구나
귀뚜라미 소리 밤새 울리고
기러기의 행진行陣은 남쪽으로 이어진다

바람 부니 고향 일이 생각나서
달에 부쳐 우정友情을 전한다
두 사람 사이 천 리 길이니
언제나 이불을 함께 덮고 잘 수 있을까

'서륙西陸'은 가을 하늘을 뜻하는 말이다.

秋景

秋日郊村菊徑通
晴峯遙映細雲中
野田雀集垂禾熟
林麓鼯忙落橡豊
仰樹幼童貪軟柹
望山老叟愛霜楓
步緣壟畔閑移處
白鶴橫飛嘎碧穹

가을 풍경

가을날 교외 마을은
국화 핀 길로 이어지고
먼 산의 봉우리는
맑은 하늘 엷은 구름 속에 비친다

익은 벼가 고개 숙인 들 논에
참새가 모여 있고
도토리가 풍성하게 떨어진 산기슭 숲에서
다람쥐가 바쁘다
나무를 올려다보는 어린애는
연시를 탐하고
산을 바라보는 노인은
서리 맞은 단풍을 사랑한다

밭두둑 따라
한가롭게 걸음을 옮기는데
흰 두루미 비껴 날다
푸른 하늘에서 소리 내어 운다

聞古稀翁嘆老

生滿百年稱稀有
七十只是年富人
試看老樹多毁折
殘枝開花享新春

고희의 노인이 늙었다고 한탄하기에

백 살은 채워야 보기 드문 경우라고 할 수 있고
칠십 노인은 아직도 살날이 많은 사람일 뿐이지요
망가지고 부러진 데 많은 저 늙은 나무를 한번 보십시오
남은 가지로도 꽃을 피워 새 봄을 누리지 않습니까

嘆時

奸賊黷兵天地驚
野朝相鬪誤民生
朱門征利不知恥
黔首染汚焉尙淸
棄我行公道今失
功成身退事誰賡
爲官勿想常誣世
靑史永留兇醜名

시대를 한탄하다

간악한 도적이 무력을 함부로 사용하여
온 세상 놀라게 하더니
집권층과 재야在野 사람 서로 다투느라
민생을 그르쳤다

부귀를 누리는 자 이익 좇으며
부끄러움 모르고
백성들 이에 오염되었으니
어찌 청렴함을 받들까
멸사봉공의 도가
이제 사라져버렸으니
공을 이루면 자리에서 물러나는 행위를
누가 이어서 하겠는가

관리들아
세상을 늘 속일 수 있다고 생각하지 마라
청사에 그 추악한 이름을
길이 남기게 될 것이니

祝首都發展得裁字

漢陽名勝自天開
此地都城列古臺
內協烝民成富庶
遙通藩服得懷來
諸官執柄嚴遵律
首長圖功廣用才
大業經營何速就
百年籌劃必先裁

수도 발전을 축원하다 '재裁' 자를 운자로 얻다

명승인 한양 땅은
하늘이 연 곳
이곳 도성에는
옛 누대가 줄지어 있다

안으로 뭇 시민과 협화協和하니
인구가 많고 물산이 풍부하며
멀리 다른 나라와 교통交通하여
그곳 사람을 불러들인다
여러 관리는 권병權柄을 잡고서
엄격하게 법률을 따르고
수장은 공을 도모하여
널리 인재를 등용한다

대업을 경영하면서
어찌 급히 서두르랴
백 년 계획을
반드시 미리 짜두어야 할 것이다

시 모임에서 '裁' 자 운을 얻어 지은 시이다. '수도 발전을 축원하다', 시제가 운취가 없다. 유치하다는 생각이 들 정도이다. 이런 시제로 시를 짓다 보면 시 내용도 상투적이기 십상이다. 시 모임이나 백일장에서 종종 이런 시제를 접하게 되는데, 내키지는 않지만 이 또한 공부라고 생각하고 지어 본다. 그래도 자주 할 것은 아니다.

雪晴

閒人何苦待昇陽
將踏夜堆如絮光
曉破變霙飄四野
日高爲雨濕前場
雪林小狗追童走
泥圃群禽索餌忙
傍午天晴猶臥室
此時疏懶亦無妨

눈이 개다

할 일도 없는 사람이 무슨 일로
해뜨기를 애써 기다렸나
어젯밤 쌓인 솜 같은 빛
그 눈을 밟아보고 싶어서였는데
동이 트자 싸락눈으로 바뀌어
사방 들에 날리더니
해가 높아지자 비가 되어
앞마당을 적신다

눈 쌓인 숲에는
어린 강아지가 아이 좇아 달리고
진흙이 된 채마밭엔
뭇 새가 먹이 찾느라 바쁘지만
정오 무렵 날이 개어도
여전히 방에 누웠으니
이런 때엔
게으름 피워도 무방해서이다

밤새 눈이 내려 날 밝으면 희고 부드러운 그 눈을 밟으며 설경을 감상하려 했는데, 막상 아침이 되니 싸락눈으로 바뀌고 다시 비로 바뀌었다. 기대했던 게 허사니 안 그래도 할 일 없는 날에 잠자리에서 일어날 이유가 없다.

小雪

斗柄環移歲晏知
山林秋盡索無奇
但聞半夜寒風冽
或見南天候鳥歸
昨也立冬冬氣始
今當小雪雪光飛
三冬此雪竟何用
螢雪之功營又孜

소설

북두성 자루가 돌아서
한 해가 저물어 감을 알리니
산의 숲은 가을이 다해
볼품없이 삭연하다

그저 들리는 것은
한밤중 찬바람의 매서운 소리
때로 보이는 것은
남쪽 하늘의 돌아가는 철새

저번에는 입동이라
겨울 기운 시작되더니
오늘은 소설이 되어
눈빛이 날린다

삼동의 이 눈을
어디에다 쓸 것인가
형설의 공에
힘을 쓰고 또 힘을 써야지

歸國後會友於允齋師宅

諸君切琢竭其誠
交亦推誠益友生
班馬伴雲流異域
故人照雪守吾京
同車懇慰羈情險
携手歡聞學履平
今日拜師開舊席
城南重有讀書聲

• 前年留在北京(작년에 북경에 있었다.)

귀국 후 윤재 선생님 댁에서 학우들이 모이다

여러분들
절차탁마에 정성을 다하였고
사귐에도 정성 쏟아
나의 삶에 도움을 주었지
내가 무리 떠난 말처럼
구름을 짝하여 이역을 떠돌 때
오랜 친구인 그대들은 눈빛에 책을 비추어보며
우리 서울을 지켰다

함께 차 타고 가며
나의 힘들었던 객지 생활 진심으로 위로해주었고
손잡고 가면서
그들의 순조로웠던 공부 이야기 즐겁게 들었으니
오늘 스승에게 절하고 나서
옛 자리 펼쳐 열면
성남에는 또다시
책 읽는 소리가 나겠구나

학우 몇이 여러 해 동안 윤재 이동길李東吉 선생님을 모시고 선생님의 성남 자택에서 공부를 하였다. 내가 북경에 가 있는 일 년 동안 잠시 모임이 중단되었는데 이제 다시 하게 되었다.

遊山

清晨登到雲峰裏
向晚坐安松樹間
心廣今無人事累
胸舒自忘我生艱
靜聽溪石水聲溢
遠看斜陽禽影還
性鈍何知此中意
聊能一日樂淸閑

• 陶淵明飮酒此中有眞意(도연명의 <음주> 시에 “이 가운데 참된 뜻이 있다.”라는 말이 있다.)

산에서

이른 새벽
구름 봉우리 속에 올랐다가
저녁 무렵
소나무 사이에 앉아 쉰다

마음이 넓어지니
인간사의 얽매임 없어지고
가슴을 펴니
삶의 어려움 절로 잊게 된다

시내 바위에 넘쳐나는 물소리를
조용히 듣고
석양에 돌아가는 새를
멀리 바라본다

우둔한 사람이라
어찌 이 속의 참된 뜻을 알겠는가
그래도
청한한 하루를 즐길 수 있었다

寄蘇州柳教授

別來馳念向吳城
奉翰悉君寬旅情
草郁名園憑檻坐
鐘疏古刹越橋行
水鄉景媚瓊筵享
舊國儒多蘭契成
閱盡文華香洽頰
可期後日振高明

- 柳教授名種睦時任蘇州大學訪問教授(류 교수의 이름은 종목이다. 이때 소주대학 방문 교수 직을 맡았다.)
- 蘭契即金蘭契(난계는 '금란계'이다.)

소주의 류교수에게

헤어진 뒤 오성吳城으로 마음이 치달렸는데
편지를 받고서 그대 객정客情이 편안함을 알게 되었습니다

풀 향기 가득한 명원名園에서 난간에 기대어 앉고
종소리 드문드문 들리는 고찰에서 다리를 건너겠지요
물 많은 지역 아름다운 경치 속에서 좋은 자리를 즐기고
오래된 나라의 많은 선비와 깊은 사귐도 맺으시리라

좋은 글 두루 읽어 그 향기가 얼굴에 가득 배리니
훗날 고명한 재주 떨칠 것을 기대하게 됩니다

서울대 류종목 교수가 소주대학의 방문교수로 소주에 갔다. 소주는 춘추시대 오나라의 도읍지였다. 이름난 정원庭園이 많고 풍교楓橋, 한산사寒山寺 등 여러 명승지가 있다. 류 교수가 편지로 소식을 전해왔기에 이 시로 답하였다.

秋日田村

時維八月屬金秋
夏長春生今得收
天地成功田稻熟
人民樂歲壤歌謳

가을의 농촌

때는 팔월
금 기운의 가을이니
봄이 나게 하고 여름이 키운 것을
이제 거둘 수 있게 되었다

하늘과 땅이 공을 이루어
밭에 벼가 익으니
사람들은 풍년을 즐거워하며
격양가를 부른다

秋夜

梧葉報秋秋氣隨
幽居獨坐不眠時
凉風入闥傳蟲語
皓月明窓助我詩

가을밤

오동잎 떨어져 가을을 알리자
가을 기운이 따라온 밤
시골집에 홀로 앉아
잠 이루지 못한다

서늘한 바람 문 안으로 들어와
벌레 소리 전해 주고
흰 달은 창을 밝혀
내가 시 짓는 것 도운다

陶山會同得光字

先業能爭日月光
後人蒙澤億年長
學優却退爲師表
身老猶勞示義方
亦樂書齋新氣淑
隴雲精舍舊踪芳
諸生會合思賢處
今有高松鬱鬱蒼

도산서원에서의 모임 '광光' 자를 운자로 얻다

선인의 업적이 일월日月과 빛을 다투니
후인이 입는 은택 억년토록 영원하다

배우고도 여력이 있으셨건만
도리어 물러나 사표가 되셨고
몸이 늙었어도 애를 써서
바른 가르침을 보여주셨다

역락서재는 새로운 기상이 맑고
농운정사는 옛 자취가 향기로워
제생이 모여 선현을 그리워하는 이곳
높이 자란 소나무가 지금도 울창하다

《논어》에 "仕而優則學, 學而優則仕.(벼슬하면서 여력이 있으면 학문을 하고, 학문을 하고서도 여력이 있으면 벼슬한다.)"라는 말이 있다.

讀陶淵明集後

靖節先生當亂世
奮然解印振儒風
勤耕西畝韶光下
閑望南山夕氣中
出仕歸園時有變
樂天順命性元同
千秋詩筆遺芳久
但恨菊存人不逢

도연명집을 읽고

정절 선생은
난세를 만났기에
분연히 인끈 풀고 관직을 떠나
선비의 기풍 떨치셨지

봄빛 아래 서쪽 이랑에서
부지런히 밭 가셨고
저녁 기운 속 남쪽 산을
한가롭게 바라보셨으니
출사와 은퇴의 처신이
때에 따라 달랐지만
천명을 따르며 즐기는 그 성품은
원래부터 같았다

시로 남긴 향기가
천년토록 오래 전해지겠지만
국화는 남았어도 그 사람 만날 수 없어
한스럽구나

祝西浦都進士遺稿刊行

西浦生平篤行專
韜名修己秉彛全
晝宵坐榻磨墳典
泉石彈琴愛景煙
祖踐淸寒居白屋
孫承誠孝保靑氈
闡揚幽德今成事
可信遺風百世傳

• 都公名珩魯(도공의 이름은 형로이다.)

서포 도진사 유고집 간행을 축하하다

서포 선생의 일생은
독실한 행실이 오롯하였으니
이름 감춘 채 몸 닦으며
바른 천성을 지키셨다

밤낮으로 책상에 앉아
경전을 익히셨고
산수 속에서 금을 타며
풍광을 사랑하셨지

할아비가 청빈의 도를 실천하여
초가집에 사셨더니
후손이 효성의 길을 이어
가업을 지킨다

그 감추어진 덕 선양하는 일을
이제 이루어 내었으니
유풍이 백대에 전해질 것을
가히 믿을 수 있겠구나

[原韻]

刊行逸稿一心專
祖武昭然卷裏全
遯蹟林泉消歲月
寓懷杞菊賦風煙
詩書遺訓爲家寶
孝友潛光守世氈
積蔭流芳焉敢忘
闡揚德業永圖傳

[원운]

유고를 간행하는 일 한마음으로 해냈으니
할아비의 자취가 책 속에 뚜렷이 드러났다
임천에 자취 감추고 세월을 보내면서
구기자와 국화에 감회 담아 풍진세상 읊으셨지
시서의 가르침을 집안의 보배로 삼고
효도하고 우애하며 재덕을 감춘 채 가업을 지키기만 하셨는데
쌓아온 음덕이 남긴 향기를 어찌 감히 잊으랴
그 덕업 선양하여 영원히 전할까 하노라

원운은 유고집을 내면서 서포선생 집안 분이 지은 것이다. 차운한 시를 모아 따로 시집을 출간하고 작시자 모두에게 배포하였다.

三一節有感

空拳討寇萬邦瞻
義擧宣言正氣嚴
剝復險艱先烈克
乾坤恩澤後仍霑
洋風已熾傷倫紀
矮色今猖濁里閭
灑血江山焉棄鑑
每逢此日使憂添

삼일절 유감

맨손으로 도적을 치니 만국이 우러러보았고
의거義擧의 선언문에는 정기가 엄숙하였으니
험난한 시절 극복하는 일을 선열이 해내어
온 천지의 은택을 후손이 다시 입게 되었다

양풍이 성하여 인륜이 이미 망가졌는데
왜색이 이제 또 창궐하여 민간의 풍속이 더럽혀졌네
강산에 피 뿌린 역사 어찌 그 거울을 버리리오
매번 이날이 되면 시름이 더해진다

惜別同學友

冠岳淸溪垂柳列
醉心相惜攀枝折
往年同榻已知志
此處分襟何所說
但願遠朋來往樂
又期時習琢磨悅
勸君暢飮以高歌
今日共遊明日別

같이 공부하던 벗과의 이별을 아쉬워하다

관악산 맑은 시내에 줄지어 자란 수양버들
술 취한 마음 이별이 아쉬워서 그 가지 휘어잡아 꺾는다
지난날 함께 공부하면서 이미 그대의 지향을 알고 있으니
헤어지는 이곳에서 새삼 할 말이 또 있으랴

멀리 있는 벗과 왕래하는 즐거움만 바랄 뿐
때때로 익히고 서로 탁마하는 기쁨도 기대한다네
그대에게 권하노니 시원하게 한잔하고 큰 소리로 노래하시게
오늘은 함께 노니나 내일이면 헤어질 터이니

病後惜春

臥病數三日
春光將欲辭
櫻消白雪片
柳失青煙絲
雨後花埋徑
風吹絮落池
多情將奈若
酩酊强吟詩

앓고 난 뒤 가는 봄을 아쉬워하다

병으로 며칠 누워있었더니
봄빛이 떠나려 한다

벚나무엔 흰 눈 같던 꽃잎 조각이 없어졌고
버들은 실가지에 끼었던 푸른빛 연무煙霧를 잃어버려
비 내린 뒤 꽃잎은 길에 묻히고
바람 불어 버들 솜은 못에 떨어진다

다정한 이 심사 어찌하나
취하도록 마시고서 억지로 시를 짓는다

병이 낫자마자 떠난 봄이 아쉬워 술을 잔뜩 마셔서 다시 병이 도지게 되었다. 다정多情이 병이란 말 실감 난다.

靑牛出關

化胡出後向何處
事不可知年已悠
明白綱倫唯所篤
希夷道德不須憂
世間永法歸仁義
當日華文在孔周
昏矣人心正難牖
猶迷方術待靑牛

청우출관

오랑캐 교화하려 나선 뒤 어디로 갔을까
그 일을 알 수 없거니와 세월도 이미 오래되었다
명백한 강상綱常의 도리만을 독실하게 따라야 할 터
노자의 알 수 없는 도덕은 걱정할 게 아니다

인간 세상의 영원한 법은 인과 의에 귀착되고
당시의 빛나는 문화는 공자와 주공周公에게 있었건만
어리석은 인간의 마음은 실로 깨우치기 어려우니
아직도 방술方術에 미혹되어 푸른 소를 기다린다

노자老子가 쇠퇴해진 주周나라를 떠나려고 푸른 소를 타고 함곡관에 이르렀을 때 함곡관의 책임자인 윤희尹喜의 부탁으로 《도덕경道德經》을 썼고, 이후 서역으로 가서 그 지역 사람을 교화했다고 한다. 이른바 '노자화호설老子化胡說'인데 황당한 전설일 뿐이다. 그럴건만 아직도 노자를 맹신하고 도교의 불로장생술에 미혹된 사람이 없을까?

寧越懷古

九重幼主竄何州
百越遐垠嶺嶂稠
忍涕看花花促涕
抱愁聽鳥鳥增愁
欲歸故闕樓望月
猶置荒居浦待舟
當日向天哀訴處
至今川水咽鳴流

영월 회고

구중궁궐 어린 군주가 어디로 쫓겨났나
먼 백월 땅 산이 빽빽이 늘어선 곳이었지

눈물을 참고서 꽃 빛을 보니
꽃 빛이 눈물을 재촉하고
시름 안고 새 소리 들으니
새 소리가 시름을 더하였으리라

밤이면 누각에서 달을 바라보며
궁궐로 돌아가고 싶어 했지만
여전히 황량한 곳에 버려져
포구에서 배를 하염없이 기다렸을 터

당시에 하늘 향해 슬프게 하소연하던 곳
그곳에는 지금도 냇물이 오열하며 흐른다

단종은 영월 청령포淸冷浦에 유배되었다가 홍수가 나서 관풍헌觀風軒으로 거처를 옮겼는데, 그곳 누각에서 두견이 소리를 듣고 신세를 한탄한 시를 읊은 적이 있다. '백월'은 영월의 옛 이름이다. 백 가구 이상 살고 있어서 그런 이름을 갖게 되었다는 설, 백제 땅이어서 그렇게 불렸다는 설 등이 있지만 어느 설이 맞는지 알 수가 없다. 고대 중국에서는 '백월'이 중원에서 멀리 떨어진 월나라 지역을 가리켰는데 혹 서울에서 멀리 떨어진 곳이란 뜻에서 그런 지명을 갖게 되지 않았을까?

夏日卽事

携酒獨尋谿水邊
逍遙一日似爲仙
醉身臥石心無迫
炎氣解衣儀豈愆
禽響悅音知樂大
樹繁沃葉羨生全
欣欣萬物森羅裏
詩筆弄餘甘午眠

여름날에

술 들고
홀로 계곡물 찾아가
하루 한가롭게 소요하니
신선이 된 듯하다

너럭바위에 취한 몸 누이니
마음 쫓기는 게 없거니와
더위에 옷 벗은들
몸가짐에 무슨 허물이 될까

기쁘게 우는 새소리 들으니
그들 즐거움이 크다는 것 알겠고
윤택한 잎 무성한 나무 보니
그 온전한 삶이 부럽다

즐거워하는 만물
여기저기 늘어선 속에서
시 짓는 붓 가지고 놀던 끝에
낮잠을 즐긴다

夏日遊山

炎時自使戀凉風
尋入青山綠蔭中
臥石望天塵想却
步谿觀物我心沖
蝶飛底處春花剩
泉急今時夏雨豊
斜日起身探路返
草徯一線隱林通

여름날 산에서

더운 날이면
절로 서늘한 바람이 그리워
푸른 산 녹음 속을
찾아 들었다

너럭바위에 누워 하늘을 보니
속된 생각 물러나고
계곡을 걸으며 물상을 살피니
내 마음이 담박해진다

나비가 나니
어느 곳에 봄꽃이 남아 있나
샘물 급히 흐르니
요즈음 여름비가 많아서라

해질녘 몸을 일으켜
길 찾아 돌아가려는데
풀 위의 한 줄 가느다란 길이
숲에 가려진 채 이어져 있다

川獵

褰袴跣足入川浪
時維四月尚覺寒
浮萍搖水知鱗集
投網得之使人歡
群細雜菜充巨釜
大物作膾盛小盤
童子相戲長者醉
斜日已掛嶺樹端

천렵

바지 걷어 올리고 맨발로 냇물에 들어가니
때는 사월인데도 여전히 차갑게 느껴지는 물
물풀이 흔들거려 고기 모여 있는 곳임을 알고서
그물 던져 잡으니 사람들이 환호한다

작은 것들은 채소를 섞어 큰 솥을 채우고
큰 놈은 회를 썰어 작은 쟁반에 담는다
애들은 놀고 어른은 취하는 사이
비낀 해가 이미 고개 위 나무 끝에 걸렸다

秋情

身在田村秋色中
隨時隨處樂無窮
夕庭移榻望山氣
午室開窓入野風
阡笑黃花霑露潔
谷粧紅葉醉霜烘
鶴飛最是引吾眼
上有白雲遊碧空

가을 정취

시골 마을의 가을빛 속에 있다 보니
어느 때 어느 곳에서도 즐거움이 무궁하여
저녁 뜰에 의자를 옮겨 놓고 산 기운을 바라보고
한낮에는 방의 창을 열어 들바람을 들인다

길에서 웃고 있는 노란 국화는 이슬에 젖어 깨끗하고
골짝을 단장한 붉은 단풍은 서리에 취해 불타는 듯하다
날아오르는 학이 가장 눈길을 끌어 올려다보니
위에는 흰 구름이 푸른 하늘에서 놀고 있다

重九詩會

處處霜楓天氣快
佳辰會集共怡歡
黃花野菊泛清酒
赤實山萸盛小盤
醉眼任看風景美
詩心爭寄筆毫端
優遊如此何時再
世路明朝脫身難

중양절 시 모임

쾌청한 날 곳곳에는
서리 내린 단풍잎
좋은 날 모여서
즐거움을 함께 하니
들국화 노란 꽃잎
맑은 술에 띄우고
산수유 붉은 열매는
소반에 담는다

아름다운 풍광을
취한 눈으로 마음껏 보며
시심을
붓끝에 앞다투어 부치니
이처럼 여유롭고 한가한 때가
또 언제일까
내일이면
세상 길에서 몸 빼기 어려우리니

賀以餘書塾開堂

市塾一間離俗隣
風清講席絶無塵
學教互長情加好
詩禮同遊德又新
咸浥文香能識樂
唯貪墨味豈憂貧
諸生受業以餘力
可冀堂盈洙泗人

• 書塾訓長玄梅堂呂仙子(서숙의 훈장은 현매당 여선자이다.)

이여서숙이 문을 연 것을 경하하다

저자의 한 칸 서당이
속된 이웃과 떨어져 있어
바람 맑은 강단에는
잡된 먼지가 전혀 없다

배움과 가르침으로 서로 성장하면서
정이 더욱 좋아지고
시와 예에서 함께 노니니
덕도 또한 새로워진다
모두들 글 향기에 젖어
즐거움이 무엇인지 알게 되니
오직 먹의 맛만 탐할 뿐
가난이야 무에 걱정하리오

제생諸生의 수업이
행하고 남은 힘으로 이루어지니
사수泗洙의 학문을 하는 이가
앞으로 당에 가득하리라

《논어·학이學而》에 "行有餘力, 則以學文.(도리를 실행하고 남은 힘이 있으면 그것으로 글을 배운다.)"이라는 공자의 가르침이 실려 있다. '사수의 학문'은 유가儒家의 학문이다.

次道統祠移建誌感韻

陂成碧海沒桑田
移構新祠祝永年
楹桷如圖臨邑戶
山川鍾秀靄嵐煙
轍環天下明仁政
道植東邦播聖詮
三位儼存參拜日
追思往跡仰蒼天

• 祠在晉州因水沒移建享夫子朱子安文成公三位(사당은 진주에 있다. 수몰로 이건하였다, 공자, 주자, 안문성공 세 분을 제향한다.)

도통사 이전移建에 대한 느낌을 적은 시에 차운하다

제방이 푸른 바다를 만들어
뽕밭이 수몰되었기에
새 사당을 옮겨 세우니
영원하기를 축원한다

그림 같은 기둥과 서까래가
고을을 내려다보고
산과 내에 빼어난 기운 모여
이내와 안개가 자욱하다

수레 타고 천하를 다니시며
어진 정치의 도를 밝히셨으니
그 도를 동방에 옮겨 심어
성인의 가르침을 퍼트리셨다

그 성현 세 분이 엄연히 계신 듯한 곳에
참배하는 날
지난 자취 돌이켜 생각하며
푸른 하늘 우러러본다

[原韻]

幾多往劫海飜田
已閱星霜一百年
道統祠前周日月
同文堂下魯風煙
研經若不窮吾力
見理那能貫聖詮
移奉休言人事盡
士林和雍是尊天

[원운]

얼마나 긴 세월이 지나야 바다가 밭이 될까
이미 백 년의 성상을 지났구나
도통사 앞은 주나라의 해와 달이요
동문당 아래는 노나라의 바람 안개로다
경전을 연찬할 적에 내 힘을 다하지 않는다면
이치를 본들 어찌 성인의 가르침을 꿰어 알 수 있겠는가
옮겨서 모셨다고 사람이 할 일을 다했다고 말하지 말 것이니
사림이 잘 화합하는 것이 하늘을 높이는 일이라네

生日有感

忽又周期此日臨
羲娥何急驟駸駸
五車典冊未酬志
六藝知行常愧心
今恨蓼莪吟易感
後知風樹嘆難禁
學文踐孝輸誠薄
齡齒徒添追悔深

생일날에

홀연 또 한 해가 지나 이날을 만났구나
해와 달은 무엇이 급하다고 그리도 내달렸나
다섯 수레의 책을 읽겠다는 뜻은 아직 이루지 못하고
육경의 가르침 알아 행해야 하건만 늘 마음이 부끄럽다

오늘 육아蓼莪 시에 쉽게 감동하여 한스럽거니와
훗날에는 나무에 부는 바람에 대한 탄식을 견디기 어렵겠지
글 배우고 효도하는 일에 들인 정성이 적은데
나이만 공연히 더하니 후회가 막심하다

두보杜甫가 〈제백학사모옥題栢學士茅屋〉 시에서 "男兒須讀五車書.(남아는 모름지기 다섯 수레의 책을 읽어야 한다.)"라고 하였다. 《시경·육아蓼莪》에는 부모를 제대로 봉양하지 못하는 자식의 안타까운 심사가 담겨 있다. 《한시외전韓詩外傳》에 "樹欲靜而風不止, 子欲養而親不待.(나무가 고요히 있고자 해도 바람이 그치지 않고, 자식이 봉양하고자 해도 부모가 기다려주지 않는다.)"라는 말이 있다.

對紅梅

孤立經冬久
綻花情已焚
不知待誰至
非是忘齡欣

홍매를 마주하다

혼자 서서
긴 겨울을 보냈으리니
꽃망울 터뜨리자
정이 이미 불타는 듯

누구를 기다리고 있는지
모르겠지만
나이도 잊은 채 좋아라 하는 이 사람은
아닐 테지

擲柶

人環藁席論何紛
分隊馬行爭出門
歡嘆自隨翻覆變
呼盧捘木喊聲喧

● 漢書劉毅傳捘五木久之又曰旣而四子俱黑其一子轉躍未定裕厲聲喝之卽成盧焉(≪한서·유의전≫에 "오목을 오래 비비다."라는 말이 있고, 또 "이윽고 네 개는 모두 검은색이고, 하나가 구르면서 아직 색이 정해지지 않았는데 유유劉裕가 큰 소리로 소리치자 바로 노가 되었다."라는 말이 있다.)

윷놀이

짚자리 둘러싼 사람들 논의가
어찌 그리 분분한지
편을 나눈 말을 움직여서
앞다투어 문을 나선다

뒤바뀌는 판을 따라
절로 나오는 환희와 탄식
윷가락 비비며 윷 나와라 외치는 소리가
시끌벅적도 하구나

수구는 인운鄰韻으로 압운하였다. 제4구의 '노盧'는 윷이나 모 같은 좋은 패를 뜻한다.

寄友

昨歲花開與汝怡
今年花落使吾悲
隨落隨開年歲去
重逢花下又何時

벗에게

작년 꽃 피었을 때
너와 함께 기뻐했기에
올해 꽃 지는 모습은
나를 슬프게 한다

졌다가 폈다가
세월이 가니
꽃 아래에서 다시 만날 때는
또 언제일까

訪柳

春光最是柳生煙
數里長堤映晴川
頻頻來此探枝色
驚蟄已經何尚眠

버들을 찾아가다

봄빛으로는
물이 올라 푸른 안개 낀 듯한 버들이
가장 제격
몇 리 긴 둑에
맑게 갠 날
그 모습이 내에 비칠 때이다

빈번하게
이곳에 찾아와서
가지의 빛을 살핀다
경칩도 이미 지났건만
어쩌자고
너는 아직도 자고 있나

戲友

怪爲論文來叩門
枕書正夢杏花村
今尋酒店酣煙景
學士忘春獨閱翻

벗을 놀리다

글을 논하자고 문을 두드리다니
괘씸하구나
책을 베고 누워
한참 행화촌 꿈을 꾸고 있었는데

지금 나는 술집을 찾아가
봄 경치에 취하려 하니
학사께서는
봄을 잊고 혼자 책을 뒤적이시라

두목杜牧의 〈청명淸明〉 시에 "借問酒家何處有, 牧童遙指杏花村.(술집이 어디냐고 물었더니, 목동은 저 멀리 살구꽃 핀 마을을 가리킨다.)"라는 시구가 있다.

仲春卽景得家字

有生萬物欲繁華
造化知時活氣加
日暖娟塘魚躍戲
風吹古道柳飄斜
淺溪深谷皆添水
南岳北山連繡花
月令告農年事急
四疇雨洽奔田家

중춘 풍경 '가家' 자를 운자로 얻다

생명 있는 만물이
번성해지고 싶어 하여
조화가 때를 알아
활기를 더해주니
아름다운 못은 햇빛 따뜻해
물고기가 뛰며 놀고
옛길에 바람 불어
버들이 비껴 흔들린다

얕은 시내 깊은 골짝이
모두 물을 더하고
남쪽 산 북쪽 산이
연이어 꽃을 수놓는 시절
한 해 일 바쁘다고
월령月令이 일러주니
사방 논밭에 흡족하게 내린 비에
농가가 분주하다

春夢

四處春光水閣空
嬾身坦腹樂和風
栩然舞蝶俄然覺
猶在花香郁郁中

봄날의 꿈

사방은 봄빛
텅 빈 물가 누각
나른하여 배 드러내놓고 누워
온화한 바람 즐긴다

나비 되어 훨훨 춤추던 몸
그 좋은 꿈에서 깨어났지만
그래도 여전히
꽃향기 가득한 아름다운 봄 속이다

청춘은 꿈을 꿀 때도 꾸지 않을 때도 언제나 좋은 시절이다.
제3구는 《장자莊子》의 '나비 꿈(胡蝶夢)' 이야기에 나오는 표현을 빌려 썼다.

讚南冥先生道學

遯於明世究天人
斯道斯文得繼伸
窮理學由洙泗舊
濟民志亘古今新
自持潔比頭流雪
與衆和如德小春
龍見雷聲何處仰
敬鈴義劍有精神

남명 선생의 도학을 기리다

좋은 시절에도 은둔하여
하늘과 사람을 탐구하셔서
사도와 사문을
잇고 또 펴셨다

이치를 궁구하는 학문은
사수의 오랜 전통에서 비롯된 것
백성을 구제하려는 뜻은
예나 지금이나 새롭게 느껴진다

몸가짐 깨끗함은
두류산 눈에 견줄 만하고
뭇사람과 화합함은
덕소동의 봄 같았지

우뢰와 용의 기상을
어디에서 우러러볼까
성성자惺惺子 방울과 경의검敬義劍 칼에
선생의 정신이 담겨 있구나

덕소동은 남명 선생의 산천재山天齋가 있는 곳이다. 선생은 뇌룡사雷龍舍를 짓고 강학하였다. 성성자와 경의검은 차고 다니던 방울과 칼이다.

暮春卽景

鳥歌蝶舞鬧閑居
柳絮飄飄三月初
樹落紅英隨水盡
枝抽綠葉映淸渠

늦봄의 풍경

한가로운 거처가
새의 노래와 나비의 춤으로 요란하고
버들 솜 이리저리 날리는
삼월 초

나무에서 떨어진 붉은 꽃이
물 따라 다 흘러가 버린 뒤
가지에서 돋아나온 푸른 잎이
맑은 개울에 비친다

修禊二首 其一

三月溪樓又坐臨
興懷契合昔如今
上天不老施風雨
下地當春綠野岑
足濯淸流除俗氣
口吟淑景暢高心
蘭亭事與東山客
往昔風流幸可尋

수계 제1수

삼월의 시냇가 누각에
다시 앉았으니
감회가 서로 맞아
예전에도 지금 같았으리라

위의 하늘이 늙지 않고
바람과 비를 베푸니
아래 땅이 봄을 만나
들과 산을 푸르게 하는 시절

맑은 물에 발을 씻어
속된 기운 없애고
아름다운 경치 읊으며
초탈한 심사를 펼쳐낸다

난정의 일
그리고 동산의 은자
지난날의 그 풍류를
오늘 행여 찾을 수 있으려나

'수계修禊'는 음력 삼월 상사일에 물가에 모여 몸을 씻고 놀면서 재액을 막으려는 모임을 말한다. '난정사蘭亭事'는 동진東晉의 왕희지王羲之가 난정에서 수계한 일을 말한다. '동산객東山客'은 은자를 뜻하는데, 동진 사안謝安이 회계會稽의 동산에 은거한 데서 유래한 말이다.

修禊二首 其二

北嶂南溪在陽地
又當時序屬春陽
淸流淸酒煩懷洗
好日好人嘉趣長
衆鳥何怡林滿聒
殘花猶爛院傳香
伴遊盡樂心餘興
顧盼依依斜日光

수계 제2수

북쪽은 산봉우리 남쪽은 시내여서
양기가 모인 곳인데
시절 또한
양기가 많은 봄이다

맑은 물가에서 맑은 술로
번거로운 심사 씻어내니
좋은 날에 좋은 사람 만나
아름다운 흥취가 유장하다

뭇 새들 무엇이 좋은지
지저귀는 소리가 숲에 가득하고
남은 꽃 여전히 난만하여
뜰에서 향기 전한다

어울려 함께 실컷 즐기고서도
마음에 아직 흥이 남았나
비낀 햇빛 돌아보며
머뭇거린다

春日詩會

紅花處處畵圖開
詩社諸朋坐古臺
日氣尙嫌沂水浴
風流不遜右軍杯
乾坤常健環無已
人物終歸集幾回
幸値好時佳景在
春情動蕩競詩才

봄날의 시 모임

곳곳에 핀 붉은 꽃이
그림을 펼친 날
시사詩社의 여러 벗이
옛 누대에 앉았다

날씨를 보니
기수의 목욕은 아직 꺼려지지만
이 풍류는
왕우군의 술잔에 손색없다

천지는 늘 강건하여
끝없이 순환하는데
사람은 끝내 죽음으로 돌아가니
몇 번이나 모일 수 있을까

다행히
좋은 시절과 아름다운 풍경을 만났으니
봄을 느낀 마음이 동탕하여
글재주를 다툰다

《논어·선진先進》에 증점曾點이 봄날 기수에서 목욕한 이야기가 나온다. '우군'은 난정蘭亭에서 지인과 함께 모여서 시를 지었던 왕희지이다.

夏日詩會

炎日開詩席
高臺氣快明
耳怡林鳥噪
胸盪嶺雲輕
卽景何無觸
知時自有情
相看諸作裏
綠水碧山淸

여름날의 시 모임

더운 날씨에
시 짓는 자리 펼쳤는데
높은 누대여서
기운이 쾌청하다

숲속에서 지저귀는 새 소리에
귀가 즐겁고
산 고개 위에 가볍게 떠 있는 구름 보니
가슴이 탁 트이는 듯
이런 경물을 대하니
어찌 느끼는 게 없겠는가
어떤 때인지 알고 나니
절로 정감이 생겨난다

각자 지은 시를
서로 살펴보니
푸른 물과 푸른 산의 청량감을
그 속에 담고 있다

王宮懷古次杜詩韻

五百經年舊址尋
只殘殿閣布森森
林花無主空夸影
苑鳥迎人獨播音
社稷何關一王力
食兵應繫萬民心
吾邦後運看前鑑
往史當場自正襟

왕궁에서 회고하며 두시의 운을 따라 짓다

오백 년 세월 겪은 옛터
그곳을 찾았더니
남아 있는 건
여기저기 가득 늘어선 전각뿐

숲의 꽃은 주인 없는 곳에서
공연히 빛을 뽐내고
동산의 새는 사람을 맞아
저 홀로 소리 퍼트린다

나라의 사직이
어찌 왕 한 사람의 능력에 매였겠는가
부국과 강병은
만백성의 마음가짐에 달려 있는 법

우리나라의 훗날 운명이 어떨지
전날의 거울을 보게 되니
지난 역사의 마당에서
옷깃을 절로 여미게 된다

두보의 〈촉상蜀相〉 시에 차운하였다.

祝國步伸張

偉矣天民居海東
勤行邁德古今同
國維固守多艱後
族運將伸久屈中
物阜工商圖實益
汚除上下振淸風
五洋六陸已張勢
百舍又期南北通

국운 신장을 축원하다

위대하다
해동에 사는 하늘의 백성이여
일을 열심히 하고 덕을 힘써 닦는 모습
예나 지금이나 한가지이다

많은 어려움 겪었지만
나라의 벼리를 굳건히 지켰고
오래도록 움츠리고 살았기에
겨레의 운세를 이제 펴 보게 되었다

상업과 공업으로 물산이 풍부해지니
실익을 도모해서이고
위아래 부패를 제거하여
맑은 기풍 떨친다

오대양 육대주로
이미 세력을 펼쳤으니
삼천리 이 강산
남과 북이 통하기를 또 기대해 본다

步慕遠堂移建韻

華門體貌欲新昌
屋改地移先業揚
祖赫陣功觴水濫
裔尊儒術派流長
松靑栢綠存神活
日曜月輝遺德光
灌酒燒香常若在
可知從此永傳芳

• 堂在慶南道(당은 경상남도에 있다.)

모원당을 옮기고 지은 시에 차운하다

화벌華閥의 체모를
새로 빛나게 하려고
집을 고치고 터를 옮겨
선대의 업적을 선양한다

군진軍陣의 공이 빛났던 할아버지가
이 집안의 남상濫觴
유술儒術을 존숭한 후손에 의해
그 흐름을 길게 이어왔다

송백의 푸른 기운 가운데
조상님 정신이 살아 있고
일월이 밝게 비치 듯
남긴 공덕이 빛나구나

술을 따르고 향을 사를 때면
신이 앞에 계신 듯 늘 정성을 다하니
이제부터 길이길이
아름다운 명성 전하게 될 것이다

[原韻]

行仁守義一門昌
重創嵬堂更闡揚
賢祖當年垂蔭厚
子孫此日孝心長
瓦峯屹立層屛嵗
洛水淸流寶鏡光
追慕誠伸人道合
勿忘懿績至今芳

[원운]

인을 행하고 의를 지켜 일문이 번창하였으니
높다란 당을 중창重創하여 더욱 선양하노라
현인인 할아버지께서 당년에 드리운 은덕이 두터우니
아들 손자는 오늘 효심이 가득하다
우뚝 솟은 와봉은 세월의 흔적이 담긴 높은 병풍
맑게 흐르는 낙수는 보배로운 거울의 빛
추모의 성의를 펴는 게 사람의 도리에 맞으니
아름다운 공적이 지금까지 향기로움을 잊지 말아야 하겠다

庚炎

三旬庚伏業難攻
出野納凉將快胸
溪路無風汗顔濕
酒家避日濁醪濃
小童戲水遊田澮
白鷺回翔憩麓松
天地氣蒸群物喘
歸身因醉熱加壅

삼복 더위

삼순 복더위에
일하기가 어려우니
가슴을 시원하게 해야지 싶어
납량하러 나간 들

시내 길엔 바람 없어
땀으로 얼굴이 젖기에
술집에서 해를 피하니
막걸리 맛이 진하다

논 옆 도랑에는
물장난치며 노는 아이
산기슭 소나무에는
날다가 되돌아와 쉬고 있는 해오라기

하늘과 땅이 더위에 쪄서
뭇 생물이 헐떡이고
돌아가는 이 몸은
취기로 뜨거운 열이 더 쌓인다

수구는 인운隣韻으로 압운하였다.

七夕

紫霞紅暈沒西山
少女心投銀漢潺
今夜牛郎何處在
細觀萬點嘒光間

칠석

보랏빛 붉은빛 노을이
서산에 사라지니
어린 아가씨 마음이
은하수에 던져졌다

오늘 밤
견우님은 어디에 있을까
만 점 반짝이는 별빛 사이를
하나하나 살펴본다

次李公竪碑志感韻

慘澹經營竪碣成
可云今始竭精誠
刻文以顯淳儒蹟
掃墓猶傷肖子情
貽後善謀餘後蔭
慕先嘉事保先聲
鄉隣耆老矜仁里
也頌箕裘華閥名

• 公名京淑星山人(공의 이름은 경숙이고 성산 사람이다.)

이 공이 비를 세우고 감회를 쓴 시에 차운하다

애써 도모하고 일을 꾀려
비석을 세웠으니
이제야 정성을 다했다고
말할 수 있으리라

돌에 새긴 글로
순후한 선비의 자취를 현양했건만
선영을 쓸 때마다 마음이 여전히 아픈
아버지 닮은 아들

후손을 위한 좋은 책모策謀로
후손이 입을 음덕을 남기시니
선친을 사모하여 한 가상한 일로
선친의 명성을 보전하였다

향리 이웃의 어른신들
어진 마을이라 자랑하면서
선조의 업을 이어 온 화벌
이 집안의 명망도 기린다

아버지가 자식을 위한 책모策謀를 유훈으로 남길 텐데, 자식이 이를 잘 따르면 좋은 일이 생기지 않겠는가? 이게 바로 음덕을 입는 일이지 음덕이 따로 있는 것은 아니다.

[原韻]

積月經營僅得成
敢云短碣盡微誠
碑顔歷歷生前訓
洞壑綿綿啓後情
庸質豈能承父業
片心惟在保家聲
掃塵此日無窮恨
難洗曾年不孝名

[원운]

여러 달 도모하고 일을 꾸려 겨우 해냈지만
작은 비석으로 정성을 다했다고 말할 수 있겠는가
생전의 가르침이 비석 글에 역력하니
후손을 계도하려는 마음이 골짝에 면면히 이어지리라
용렬한 자질이니 어찌 선친의 유업을 잇겠는가
한 조각 마음은 오직 집안 명성을 보전하는 데 바치리라
산소의 먼지를 소제하는 이날 한스러운 심사 무궁하니
평소 불효했다는 오명을 씻을 수 없어서라

追慕華西先生

先生已上泗洙堂
開塾蘗溪流派長
講史精研微義闡
斥邪激論大名揚
胸襟節操恒清氣
屋舍軒楹尙德香
九曲澄川有遺躅
至今士集久徜徉

• 華西李恒老先生雅號(화서는 이항로 선생의 아호이다.)

화서 선생을 추모하다

선생은 공문孔門의 학문으로
당에 오르고 방에 드신 분
벽계에 사숙 열어
새로 만든 학맥이 유장하다

정묘한 연찬으로 사서史書를 강학하여
미언微言 속 대의大義를 밝혀내셨고
격렬한 논의로 척사를 주창하여
큰 명성 날리셨다

흉금에 담긴 절의는
언제나 맑은 기운이더니
집의 기둥에는
아직도 덕의 향기 남아 있는 듯

아홉 굽이 맑은 벽계천에
선생이 남긴 자취가 있으니
지금도 선비가 모여
오래도록 배회한다

賀教授韓公壽宴

萬卷堂中得永春
不知老至與書親
淸高貌是瀛州客
淡泊心如羲世人
授業杏壇誠意懇
訓徒楚扑愛情眞
行仁宜報大椿壽
新甲年添生氣新

• 韓公名如愚東亞大學校教授(한 공은 이름이 여우이고, 동아대학교 교수이다.)

교수 한 공의 수연을 축하하다

만 권 서적을 소장한 서재는
길이길이 봄이어서
늙음이 이르는지도 모르는 채
책을 가까이하며 사셨다

청고한 모습은
영주의 신선이신가
담박한 마음은
희황羲皇 시절 사람 같으시다

학업을 전수하던 은행나무 교단에서
그 정성 간곡하였고
생도를 훈육한 가시나무 교편에는
진실한 애정 담으셨다

인을 행하신 분
대춘나무의 수壽로 의당 보답받을 터이니
새로 맞은 갑자에
해마다 생기가 새로우리라

한 공은 내 친구 김영구 교수의 장인이다.

仲秋節有感

何日酒羞桑梓尋
自嗟京洛飽浮沈
廈間今待月昇鏡
籬下曾看花綻金
事順家和先蔭憶
果甘穀熟稔年吟
役身名利非吾道
掉臂浩然歸故林

한가위 날에

언제나 술과 안주 챙겨
고향을 찾을까
서울살이에서 실컷 겪은 인생사 부침浮沈에
절로 탄식이 나온다

지금 높은 건물 사이에서
거울 같은 달 뜨기를 기다리지만
전에는 울타리 아래에서
황금빛 국화 송이 터지는 것을 보았지

일이 순조롭고 집안 화평하기에
조상의 음덕이 생각나고
과일 달고 곡식 익어
풍년을 노래하는 날

명리에 몸을 부리는 것은
내 길이 아님을 깨닫게 되니
시원스레 팔 흔들며
옛 숲으로 돌아가야겠다

秋日

光風消夏雨
秋氣自清明
景闊川流遠
天高山勢嶸
六合心容大
四時身寄行
逍遙西陸下
尤覺履聲輕

가을날

맑은 바람에 여름비 사라지니
가을의 기운이 절로 청명하다
탁 트인 경관 속 강물은 멀리 흘러가고
높아진 하늘에 산 모습 우뚝하다

천지 사방은 마음을 크게 해주고
사시사철 이 몸 부쳐 다닐 수 있거니와
가을 하늘 아래에서 소요할 때면
신발 소리 경쾌함을 더욱 느낀다

절요체折腰體이다.

望鄕

歲云徂矣望南天
馳念鄕關憶往年
主嶽登峯探舞鶴
古臺玩月語昇仙
戲球欅校童心美
學字杏壇師導虔
前海洋洋長久在
何當閒伴白鷗翔

• 舞鶴山名玩月臺名皆在馬山(무학은 산 이름이고 완월은 대 이름이다. 모두 마산에 있다.)

망향

한 해가 다하니
남쪽 하늘 바라본다
향관鄕關을 향해 달리는 마음
지난날을 추억한다

주산主山 봉우리에 올라
춤추는 학을 찾았고
옛 대에서 달을 감상하며
신선 되어 올라간 일 이야기하였지
느티나무 교정에서 공놀이하던
동심은 아름다웠고
은행나무 교단 아래에서 글자 배울 때
스승의 훈도는 경건하셨다

마산 앞 바다의 가 없는 물결은
언제나 있을 텐데
어느 해에나
그 위를 나는 흰 갈매기와 한가롭게 짝할까

除夕有感

誰無明德命于天
四十經秋未具全
送歲自傷絲鬢鏡
撫心聊設斗醪筵
傲霜野菊花皆落
凌雪岩松幹獨堅
壯志難酬時易晚
吾行常健誓如乾

제야의 감회

하늘에서 부여받은 밝은 덕이
나라고 어찌 없겠는가만
마흔 해를 보냈는데도
아직 온전히 갖추지를 못하였다

한 해를 보내자니
거울에 비친 흰 살쩍에 속상하여
마음을 달래려
한 말 막걸리로 술자리를 벌인다

서리를 무시하던 들국화도
다 떨어져 버리고
바위에 자란 소나무만
눈을 이기고 굳건하구나

씩씩한 뜻을 이루기는 어렵고
때는 늦어지기 쉬운 법
나의 행동이 늘 꾸준하여
건도乾道와 같기를 다짐한다

《주역》 건괘乾卦에 "天行健, 君子以, 自强不息.(하늘의 운행이 꾸준하니, 군자는 이를 보고 스스로 힘쓰며 쉬지 않는다.)"이라는 말이 있다.

閑吟

大學一章深義尋
周詩三百考槃吟
閱書任意無求得
眞樂始知何樣心

한가로운 날

대학의 한 장에서
깊은 뜻을 찾기도 하고
시경 삼백 수를 뒤져보다가
고반 시를 읊조리기도 한다

내키는 내로 책을 읽을 뿐
얻고자 하는 게 없으니
참된 낙이 어떤 마음인지
비로소 알게 되는구나

〈고반〉은 근심 없이 지내며 자신의 삶을 즐기는 은자의 마음가짐을 읊었다.

田家春夜

田宅絶人譁
春宵聲色華
溪流響花徑
天漢耿銀沙

시골집의 봄날 밤

시골 마을은
사람 떠드는 소리 없어서
봄밤의 소리와 빛
아름답다

시내의 물소리
꽃길에 울리고
하늘에 흐르는 강에는
은빛 모래가 반짝인다

賀葛山受得博士學位

能解篇章立論明
如逢肯綮用刀精
縷心鑽闡微言析
鯨力經營巨作成
古典至今千歲隔
後生於此一身傾
若無蘭谷韻情潔
焉識鹿門風格淸
吾子常攄丘壑志
友人咸悉序庠瑛
積年溜水穿岩徹
脫匣藏琴向世鳴
久屈不辭螢照勞
奮伸方得錦輝榮
永圖事業修其礎
玆祝將爲萬丈城

- 葛山李君名南鐘以孟浩然詩硏究取得博士學位時偶居於首爾冠岳區蘭谷(갈산 이 군은 이름이 남종이다. 맹호연 시를 연구하여 박사학위를 받았는데, 이때 서울 관악구 난곡에 우거하였다.)

갈산이 박사학위를 취득한 것을 축하하다

시편詩篇을 잘 해득解得하여 논지가 분명하니
포정庖丁이 뼈의 살을 바를 때 정묘하게 칼을 쓴 듯하다
실 같이 세심한 마음으로 연찬하여 은미한 말을 분석하고
고래 같이 큰 힘으로 작업하여 거작을 이루었구나

고전은 천 년 전의 것이거늘
후생이 여기에 온 힘을 기울였으니
만약 난곡의 고결한 운취가 없었다면
어찌 녹문의 맑은 풍격을 알 수 있었으랴

그대는 자연 속에서 자유롭게 살겠다는 뜻을 늘 말했지만
벗들은 그대가 학계의 옥 같은 인재임을 모두 알고 있었는데
여러 해 떨어지는 물방울이 바위를 뚫는 듯이 하더니
감추어져 있던 거문고가 갑에서 나와 세상을 향해 울리는 것 같구나

오랫동안 몸을 굽힌 채 반딧불이에 비춰보는 수고를 마다하지 않더니
힘차게 몸을 펴서 이제 비단옷이 빛나는 영광을 얻었으니
오래도록 할 사업에 이제 주춧돌을 놓은 셈
앞으로 만 길 성을 쌓으라고 이에 축원하노라

칠언배율이다. 시 속에 나오는 '녹문'은 산 이름으로 맹호연이 한때 거기서 은거하였다.

田家無燕二首 其一

園桃紅的的
路柳綠依依
春景布如昨
惜無輕影飛

제비가 없어진 농가 풍경 제1수

뜰의 복사
붉은 꽃 선명하고
길가 버들
푸른 가지 하늘거린다

봄 풍경은 전과 같이
펼쳐졌는데
가볍게 나는 모습 없어져
아쉽구나

田家無燕二首 其二

求餌雛口食
營巢泥土銜
往年春氣暖
檐下鬧呢喃

제비가 없어진 농가 풍경 제2수

먹이 찾아
새끼 입에 먹여주고
둥지 짓느라
진흙을 물고 왔었지

예전에
봄기운 따뜻할 때면
처마 밑이
지지배배 시끄러웠다

春水得時字

興雲渰渰雨祁祁
千草百花要水時
滴下林間衣自濕
泥融溪上屐應遲
池波已暖魚游藻
園樹加香鳥躍枝
農者喜心占稔歲
倬田備事日忙爲

• 詩大田有渰萋萋興雨祁祁(≪시경·대전≫에 "구름이 뭉게뭉게 피어나서 비를 서서히 내린다."라는 말이 있다.)

봄물 ‘시時’ 자를 운자로 얻다

뭉게뭉게 구름 일어
천천히 비가 내리니
마침 온갖 풀과 꽃이
물을 기다리던 때이다

물방울 떨어지는 숲속에서는
옷이 절로 젖고
진흙 녹은 시내에선
걸음 옮기는 게 더디다
못 물결이 이미 따뜻해져
물고기는 물풀 사이에서 놀고
뜰의 나무 향기를 더하니
새가 가지에서 뛰며 난다

농부의 기쁜 마음
풍년을 점치면서
훤하게 넓은 밭에서 일 준비하느라
날마다 바삐 움직인다

漢南雅會

漢南春色尋
雅座共攄襟
柳陌和風弄
花溪渙水侵
詩酬金谷酒
景入伯牙音
觴轉幾回酌
臥身林氣深

• 詩溱洧毛傳渙渙春水盛也(≪시경·진유≫의 ≪모전≫에 "'환환'은 봄물이 성한 것이다."라고 하였다.)

한강 남쪽에서의 모임

한강 남쪽에서
봄빛을 찾아 나서서
우아한 자리 펼쳐 놓고
함께 마음을 터놓을 때
버들 길에는
따뜻한 바람이 가지를 희롱하고
꽃 핀 시내에는
넘실거리는 봄물이 침범해 들었다

시 읊으며
금곡의 술로 수작하고
눈에 보이는 경물을
백아의 소리에 담으면서
잔을 돌려 가며
몇 잔을 마셨던가
숲 향기 짙은 곳에
취한 몸을 누인다

密陽阿娘閣白日場

守潔其踪在密陽
又聞賢宰慕懷長
峙環沃野群山氣
流抱雄鄉永水光
貞女畵眞留影閣
騷人吟頌競文場
從來此地崇淸義
可信相傳百世芳

밀양 아랑각 백일장

깨끗한 몸을 지킨 그 자취
밀양에 남아 있고
또 어진 원님 이야기도 듣게 되니
흠모하는 마음이 크고 깊다

뭇 산의 기운 높이 솟아
비옥한 들을 둘러싸고
긴 강물의 빛이
큰 고을을 안고 흐르는 곳
정녀의 초상 그림이
그곳 옛 영각影閣에 남아 있으니
소객騷客들은 송찬하는 시를
글 마당에서 겨룬다

예로부터 이 땅은
청고한 의리를 숭상한 곳
백세百世에 그 향기 전할 것임을
가히 믿을 수 있겠구나

偶吟

省事事成閑
虛心心自寬
毫揮聽雨閣
詩做賞花欄
暇日尋丘壟
終年遠爵官
萬機身外事
靜坐自怡歡

우연히 읊다

일을 줄이면
일이 한가로워지고
마음을 비우면
마음이 느긋해지는 법

빗소리 듣는 다락에서
붓을 휘두르고
꽃 감상하는 난간에서
시를 짓는다

한가한 날이면
또 언덕을 찾아 나서며
한평생
벼슬은 멀리한다

만 가지 세속사는
이 몸 밖의 일
지금 조용히 앉았노라니
절로 즐겁기만 하다

수구는 인운隣韻으로 압운하였다.

讀青苑詩社總會詩次韻

會在嶺南名勝州
韶光融洽及時遊
共吟賦席珍珠唾
閒飲酒杯香蟻浮
舟繫江樓看白月
車望山寺歷青丘
何忘兩日風情美
別意依依難忍收

• 總會開於密陽(총회가 밀양에서 열렸다.)

청원시사 총회 시를 읽고 그 운을 따라 짓다

영남의 승지勝地인 고을에서
모임을 여셨으니
봄빛 가득한 시절에 맞추어
놀기 위해서라

글 짓는 자리에 뱉어낸 구슬 같은 시를
함께 읊조리셨고
향기로운 개미 거품이 잔에 떠 있는 술을
한가롭게 마시셨지

강가 누각에 배를 매어 두고
감상하던 흰 달
산사로 향하는 차를 타고
지나던 푸른 언덕

이틀 동안 즐겼던 그 아름다운 풍정을
어찌 잊으시랴
헤어지는 마음의 아쉬움
차마 거두기 어려우셨으리라

윤재 선생이 밀양에서 개최된 총회에 참석하고 돌아와서 보여주신 시에 차운하여 지은 시이다. 제3구에서는 《장자》에서 유래한 '해타성주咳唾成珠'라는 표현을 차용하였다. 이 말은 좋은 시문을 짓는 것을 비유한다.

參拜顯忠祠後感

精忠取義捨生輕
遺業煌煌日月明
衛國投身先烈志
建祠顯跡後民情
當年劍照魚龍動
中夜詩吟笳笛聲
肅拜焚香胸臆熱
微衷聊吐短章成

현충사를 참배하고

오로지 충성의 마음으로
의로운 도리를 취하고 삶을 가볍게 버리셨으니
남기신 업적 휘황하여
일월과 더불어 빛나는구나

나라를 지키려 몸을 던진 것은
선열의 뜻
사당을 세워 그 자취 현양하는 것은
후인의 마음

그 해 장군의 칼에는
어룡이 움직였고
한밤 시를 읊조릴 때
호가 소리 들렸지

숙배하고 분향하니
가슴이 뜨거워져
작은 정성으로
애오라지 짧은 시를 지어 본다

盛夏閒情

緩步乘涼過堰堤
瓜園農幕暫登梯
主翁採實傾筐滿
少婦饁餐醅酒携
午麓休亭蟬響噪
晚溪上艇鳥飛齊
京人偸暇避炎熱
一日得吟歸去兮

한여름의 한가한 심사

서늘한 기운 받으며
느린 걸음으로 방죽을 지나서
참외밭에 이르러
잠시 사다리 타고 농막에 올랐더니
주인 할아버지는
광주리 가득 참외를 따왔고
젊은 며느리는 들밥을 내오면서
빚은 술도 들고 왔다

한낮에 산기슭 정자에서 쉴 때
매미 소리 시끄럽더니
저녁 무렵 시내에서 작은 배에 오르니
새들이 일제히 날아오른다

서울 사는 사람이 틈을 내서
염천의 열기를 피하고는
전원으로 돌아가야지 하며
오늘 하루라도 귀거래사를 읊게 되었다

岳陽樓望君山

千里滄波煙霧裏
島山遺墓永年浮
遊人悼惜憑欄望
日落平湖照古樓

악양루에서 군산을 바라보다

천 리에 가득한 물결
자욱한 연무 속
산 같은 섬에 남은 상비의 무덤이
영세토록 떠 있다

놀러 온 나그네가 옛일을 애도하며
난간에 기대 바라볼 때
지는 해가 호수에 떨어지면서
옛 누각을 비춘다

악양루는 동정호 가에 있는 누각이다. 군산은 동정호 안에 있는 섬이다. 그 섬에 상비묘湘妃墓가 있다. 상비는 순임금의 두 부인인 아황娥皇과 여영女英이다. 순임금이 남쪽 지방을 순수하던 중 사망하자 그 소식을 듣고 상심하여 상강에 빠져 죽어 상강의 신이 되었다고 한다. 동정호에 있는 군산의 대나무에는 반점이 있는데, 이것을 그녀들이 흘린 눈물 자국이라고 여겨서 그 대나무를 상비죽湘妃竹이라고 부른다.

炎日卽事

霖雨纔晴夏日長
蒸雲不禦伏炎光
庭床蚊擾睡難穩
灑水褪花聞剩芳

더운 날에

장맛비 그치자마자
여름날 길어져
삼복더위 속 햇빛을
찌는 구름이 막아주지 못한다

뜰의 평상에 모기떼가 설쳐대어
잠을 편히 잘 수 없기에
빛바랜 꽃에 물 뿌리고
남은 향기 맡아 본다

光復節有感

國恥何於往歲埋
觀今世態自傷懷
胡商物産多侵市
倭國風潮已滿街
朝野逐私公道黷
使勞爭利共生乖
但尤前代若無鑑
又使後人尤我儕

광복절 유감

경술국치를
어찌 지난 세월 속에 묻어 두랴
오늘날 세태를 보니
절로 마음 아프다

이국 상인의 많은 물산이
저자를 침탈해 들고
왜국의 풍조가
이미 거리에 가득하다
조야朝野 사람 모두 사익을 좇으니
공도公道가 더럽혀졌고
노사가 이익을 다투어
함께 사는 길이 어그러졌다

그저 전대를 탓하기만 하고
거울삼지 않으면
후인이 다시 우리 세대를
탓하게 되겠지

讚天安名産成歡新高梨

嚼口甘津此味眞
土宜雨適曰良因
夭花爛景謳豊物
晥實登秋忘憊身
謁廟敬儀時果首
接賓厚意核盤珍
張公妙品今重見
以祝民生歲歲伸

• 潘岳閑居賦有張公大谷之梨(반악의 <한거부>에 장공대곡의 배가 나온다.)

천안의 명산인 성환신고 배를 찬양하다

입에 물자 단물이 가득하니
이게 바로 참된 배 맛
알맞은 토양과 적절하게 내린 비가
그 좋은 요인이란다

어여쁜 꽃이 난만하게 핀 풍경을 보며
풍년을 구가하였고
주렁주렁 익은 열매가 풍성한 가을에는
지친 몸을 잊게 된다

사당을 참배하는 경건한 의식에는
시절 과일의 으뜸
빈객을 후하게 접대하는 마음을 담을 때
과일 접시에서 귀한 것

장공의 좋은 품종을
이제 다시 보게 되니
백성의 삶이 해마다 펴지기를
이로써 축원한다

頌豊

群黎共與勗年功
重穗嘉禾告稔豊
壯老刈收田野裏
婦姑灑掃廟堂中
康衢已見和平色
饒邑自成淳朴風
大地助人完百務
悠悠無事彼天翁

풍년의 노래

뭇 백성이 서로 더불어서
한 해 일에 힘썼더니
여러 개의 이삭이 매달린 좋은 벼가
풍년임을 알려 준다

들판 논에는
젊은이와 노인이 벼를 베어 거두고
사당 안에서는
시어머니와 며느리가 물을 뿌려 청소한다

태평세월 큰길
풍요로운 고을에
이미 화평한 기색 보여
절로 이루어지는 순박한 풍속

대지가 사람을 도와
온갖 일을 마치게 해주니
일이 없어 한가로운 이는
저 하늘에 계신 조화옹造化翁이시다

'가화嘉禾'는 줄기 하나에 이삭 여러 개가 달린 벼로, 상서로운 시대를 상징하는 말이다.

夜坐二首 其一

草蟲鳴又歇
月色透窓明
閑坐飜詩卷
聊吟秋夜情

밤중에 앉다 제1수

풀벌레 소리
들렸다가 다시 그치고
달빛이
창에 들어 밝다

한가로이 앉아
시집을 들척이며
애오라지
가을밤의 정취를 읊어 본다

夜坐二首 其二

靜房端坐夜
神氣豁然明
調息期冥合
寥寥忘世情

밤중에 앉다 제2수

고요한 방에서
한밤 단정하게 앉았노라니
정신이
순간 훤하게 밝아진다

숨을 고르며
자연과 합일하고자 하니
마음이 비워져
세상사 잊게 된다

賞菊寄友

重九醉身憑檻賞
園庭金菊滿開容
自追陶令蕭疎趣
亦慕羅含進退蹤
寒氣更尊高態煒
嚴霜却造晚香濃
掇英雅事雖能再
酒使白衣今不逢

국화를 감상하다가 벗에게 시를 부치다

구월 구일 중양절에 취한 몸이 난간에 기대어 감상하니
뜰의 금빛 국화가 얼굴 활짝 피어 있다
팽택령 도연명의 탈속한 정취를 돌이켜 생각하게 되고
나함이 출사하고 은퇴하던 자취도 흠모하게 된다

밝게 빛나는 고아한 그 자태가 차가운 날씨 속에 더욱 높게 보이고
가을 늦게 발하는 그 향기가 된서리에 도리어 진하다
꽃잎 따서 술에 띄우는 풍류야 나도 지금 다시 할 수 있지만
흰옷 입은 술 심부름꾼을 만날 수는 없구나

나함은 동진東晉 때의 사람이다. 만년에 벼슬을 내려놓고 고향 집으로 돌아오니 뜰의 국화와 난초가 일제히 꽃을 피워 향내가 집에 가득하였는데, 사람들은 꽃이 그의 덕에 감응하여 그런 기이한 현상이 일어난 것이라고 하였다. 이상은李商隱이 국화를 읊은 시에 "陶令籬邊色, 羅含宅裏香.(도연명 울타리 아래의 빛이요, 나함 집 안의 향기이다.)"이라는 구절이 있다.

도연명이 <음주飮酒> 시에서 "秋菊有佳色, 裛露掇其英.(가을 국화가 아름다운 빛이 나, 이슬 젖은 그 꽃잎을 딴다.)"이라고 하였다. '白衣'는 술을 가지고 온 심부름꾼이라는 뜻이다. 어느 중양절 날에 술이 떨어져 도연명이 난감해할 때, 마침 지인인 왕홍王弘이 흰옷을 입은 심부름꾼을 시켜 술을 보내주었다는 고사에서 유래하였다.

冬柳

寒冱池塘皆寂寞
柳枝娜娜獨多情
何心使汝能如此
猶夢殷雷春雨聲

겨울날의 버들

추위에 얼어
못이 온통 적막한데
하늘하늘 버들가지
홀로 다정하구나

네가 이럴 수 있도록 만든 건
무슨 마음일까
우르릉 천둥 속에 내리던 봄비를
너는 아직도 꿈꾸고 있나 보다

早春卽事

陽氣今融暖
應催蠢萬群
池塘頻雨細
山谷曖煙氳
未見柳芽綠
已傳花信聞
孏身梅下坐
閉眼夢芳芬

이름 봄날에

이제 따뜻해진 양기가
꿈틀거리라고 만물을 재촉하고 있을 때
못에는 가랑비 자주 내리고
산골짝엔 아지랑이 자욱하게 끼었다

버들의 푸른 싹이 아직 보이지 않아도
이미 꽃소식을 전해 들었기에
나른한 몸으로 매화나무 아래에 앉아
눈 감고 그 짙은 향기를 꿈꾸어 본다

冠岳山口春宵友人共飮

溪邊酒店共交歡
三月山中春氣闌
風動草蹊香似至
燈明花樹色迷看
巡杯甚嘆佳時促
問夜又伺星漢殘
一刻千金今已享
囊錢何惜買醪殫

관악산 입구에서 봄밤에 벗과 함께 술을 마시다

시냇가 술집에서
함께 기쁨을 나누는데
삼월 산속에는
봄기운이 다해 간다

풀 길에 바람 움직이니
풀 향기가 다가오는 듯하고
꽃나무에 등불 밝으니
그 꽃 빛이 아련하다

잔 돌리며
좋은 시절이 짧음을 깊이 탄식하고
밤이 얼마나 깊어졌나 물으면서
남은 은하수를 다시 살펴본다

일각이 천금인 봄날 밤을
지금 이미 누렸으니
술 사느라 주머닛돈 다 쓴 것을
어찌 아까워하겠는가

이 시를 쓸 당시에는 관악산 입구에 술집이 있었는데, 뒤에 모두 철거되었다. 산이 훼손되는 것을 막기 위해서지만 산속에서 술 마시는 정취가 없어진 것은 아쉬운 일이다.

柳光

底景最催春思生
雨光透映柳光青
淋灕引眼誰能避
婀娜醉心何可醒
隱几惱於書味苦
倚欄想向草風馨
滿身蠢動終難抑
盡日尋芳踏四垧

버들빛

어떤 경치가
봄 시름을 가장 잘 불러일으키나
비의 빛 속에 비쳐 보이는
파란 버들의 빛이다
물기에 젖은 빛이 눈길을 끄니
누가 피할 수 있을까
살랑거리는 모습이 마음을 취하게 하니
어찌 깨어날 수 있으랴

책상에 기대고 앉아
쓰디쓴 책 맛에 머리 아파하다가
난간에 의지하여
풀 위에 부는 바람 냄새를 상상하니
온몸에 꿈틀거리는 충동
끝내 누르기 어려워
봄 향기 찾아
진종일 사방 들을 밟고 다닌다

自述

生在今時好古時
百般心計舛時宜
慕風大醉青蓮酒
尙友常吟子美詩
謇諤搆嫌何有革
拙疏誤事亦無移
聖心不惑竟難望
四十往年徒嘆噫

나에 대하여

현재에 살면서
옛날을 좋아하여
온갖 마음 씀이
시의時宜에 맞지 않다

청련거사 이태백의 풍도를 흠모하여
술을 퍼마시다 취하고
오래전에 살았던 두자미와 벗하겠다고
그의 시를 늘 읊조리며 지낸다

입바른 소리로 미움 사는 짓
어찌 고칠 수 있으랴
엉성하게 일을 처리하다 그르치고 마는 꼴이
또한 바뀌지 않는다

미혹되지 않는 성인의 마음 경지
끝내 바라기 어려우니
사십 지난 세월
그저 탄식만 할 뿐이다

寄友人

田家開戶靜聽響
雨打幽篁驚葉時
儻或借風能送去
卽吹此景向君移

벗에게

시골집에서 문 열어 놓고
조용히 소리를 듣고 있으니
그윽한 대숲을 빗발이 때려
댓잎을 놀라게 할 때이다

만약 바람을 빌려
보내줄 수 있다면
곧장 이 풍경을 불어 보내
자네 있는 곳으로 옮겨줄 텐데

初夏卽事

日氣漸熱校庭路
殘紅罕有深綠間
紫霞淵邊坐樹蔭
靜觀魚樂心事閑

초여름날에

날씨가 점점 뜨거워지는
교정의 길
짙푸른 잎 사이에
드문드문 남아 있는 붉은 꽃

자하연 연못가
나무 그늘에 앉아
물고기의 즐거움을 조용히 관찰하노라니
이내 심사 한가롭다

次洛洲齋重建韻

洛水無窮流向東
先生懿武亦無窮
道承栗谷如山重
忠竭西宮貫日紅
賜額軒楹將表德
遯身杞菊不居功
粲新構制精誠懇
餘慶綿綿永世隆

• 李藩先生齋室在密陽(이번 선생의 재실이다. 밀양에 있다.)

낙주재 중건 시에 차운하다

동으로 향하는 낙동강 물
끝없이 흐르고
선생이 남긴 아름다운 자취도
끝없이 전해진다

율곡 선생을 이은 도는
산처럼 무겁고
서궁에 다 바친 충성은
해를 꿰뚫어 붉었지

재실에 하사한 편액은
덕을 표창하고자 한 것인데
초야에 은둔하여
공을 자처하지 않으셨다

찬란하게 중건한 모양새
그 정성이 간절하니
남은 경사 면면히 이어져
길이 융성하리라

이번李蕃은 율곡 선생의 학통을 이은 사계沙溪 선생의 문하에서 도학을 배웠다. 인목대비가 서궁에 유폐되었을 때 파직되었다가 인조반정 때 공을 세웠다.

[原韻]

滾滾長江擁檻東
摩挲遺躅感無窮
西宮灑淚殘雲白
南海傷心落日紅
聖詔難回高尙志
御揮自是竟酬功
平泉花石多興廢
嗣守那忘祖蔭隆

[원운]

긴 강이 난간을 감싸며 동으로 콸콸 흐르는데
남기신 자취 어루만지노라니 감회가 무궁하다
서궁에서 눈물 뿌릴 때 남은 구름 희었고
남해에서 마음 아파할 때 지는 해가 붉었지
임금님 조칙으로도 고상한 뜻을 돌이키기 어려웠으니
어필은 당연히 그 공에 보답하려 한 것이다
평천장平泉莊의 꽃과 돌에 변화가 많겠지만
후손이 지키면서 할아버지의 큰 보살핌을 어찌 잊겠는가

京春道行

如砥京春道
馳車暫不留
高低連嶂迫
隱見大江流
花塢惜紅罕
柳橋穿綠稠
促程何有味
乘暇再來遊

경춘 길에서

숫돌 같이 평탄한 경춘 길
달리는 차 잠시도 머물지 않는다
높고 낮게 이어진 봉우리가 다가들고
사라졌다 보였다 하며 큰 강이 흐른다

마을에 붉은 꽃이 드물어 아쉬워하며
푸른 버들 빽빽이 늘어선 다리를 뚫고 가는데
급히 가는 길에 무슨 맛이 있겠는가
여가가 있을 때 다시 와야지

郊行

步步皆隨意
郊行境轉幽
鳥啼山靜在
柳映澗淸流
過雨催苗秀
和風育菜柔
日斜將返路
黃犢陌頭呦

교외 길을 걷다

한 걸음 한 걸음
내키는 대로 내디디며
교외의 들길 가다 보니
만나는 곳 정취가 갈수록 그윽하다

새 우는 소리에도
산은 조용히 있고
시냇물 맑은 흐름에
버들이 비친다

지나가는 비는
모가 패기를 재촉하고
부드러운 바람이
연한 나물을 기른다

해 비끼어
돌아가려는 중
누런 송아지가
길 저쪽에서 음메 하고 운다

暑中卽事

亦厭窓邊搖扇苦
移床屋上受涼風
無心逐蝶投看處
喇叭攀牆數朶紅

더운 날에

창가에 앉아 부채 흔들다 보니
그 또한 힘들기만 해서
옥상으로 평상 옮겨
서늘한 바람을 받는다

나비 나는 곳을 따라
무심코 눈길을 던졌더니
나팔꽃이 담장을 타고 올라
몇 송이 붉게 피어 있다

나팔꽃은 흔히 '견우화牽牛花'라고 하지만, '나팔화喇叭花'라고도 한다.

暑中戲作二首 其一

炎夏苦煩無奈若
午眠枕席汗如漿
呼妻沽取香醪冷
此外何曾有處方

더위 속에 장난삼아 짓다 제1수

더운 여름날의 괴롭고 답답함
어쩔 수가 없구나
자리 깔고 낮잠을 자려니
땀이 나서 물 흐르듯 한다

안사람을 불러
차가운 막걸리 사 오라고 했으니
이 밖에
다른 처방이 있을 수 있겠는가

暑中戲作二首 其二

癡情欲買竹夫人
白眼荊妻赫赫嗔
怪責何消身熱劇
香瓜擧案勸嚐新

더위 속에 장난삼아 짓다 제2수

치정에
죽부인을 사서 들이려 했더니
안사람이 흘겨보며
엄청나게 화를 낸다

극에 달한 몸의 열
어찌 해소하냐고 따졌더니
상을 두 손으로 높이 들고 와서
새로 나온 참외니 맛이나 보라 한다

夏日暴雨中讀唐詩詩友呼酥韻命詩因而次韓公韻戲作二章 其一

韓公最愛草沾酥
蘇子却憐荷蓋無
吾性放疎何所適
滿天沛雨撼江都

• 苕溪漁隱叢話嘗論說兩公詩句(≪초계어은총화≫에 한유와 소식 두 분의 시구를 논한 적이 있다.)

여름날 소나기 내릴 때 당시를 읽다가 글벗이 '수酥' 운을 불러주고 시를 지으라 하기에 한 공의 시에 차운하여 장난삼아 짓다 제1수

연유 같은 가랑비에 풀이 젖는 풍경을
한 공이 가장 예쁘다고 하였는데
소 선생은 도리어
연잎이 없어진 때를 좋아했지

나는 성격이 거치니
어느 때와 맞는가
온 하늘에 퍼붓는 비가
강이 흐르는 도시를 흔들어댈 때이다

한유는 〈早春呈水部張十八員外二首(이른 봄 수부 장 원외에게 주는 2수)〉 시에서 가랑비가 풀을 적시는 초봄이 좋다고 하였고, 소식은 〈贈劉景文(유경문에게 드리다)〉 시에서 연잎이 시들어 버린 늦가을 또는 초겨울 즈음의 풍광이 좋다고 하였다.
한유의 그 시에 차운하였다.

夏日暴雨中讀唐詩詩友呼酥韻命詩因而次韓公韻戲作二章 其二

當罏玉臂膩凝酥
共飮芳醪有意無
聽雨打窓心爛醉
酒姬應合益嫺都

여름날 소나기 내릴 때 당시를 읽다가 글벗이 '수酥' 운을 불러주고 시를 지으라 하기에 한 공의 시에 차운하여 장난삼아 짓다 제2수

술을 파는 옥 같은 팔
연유가 엉긴 듯 매끄러우니
향기로운 막걸리
함께 마실 의향 있으신가

창을 때리는 빗소리 듣다 보면
마음이 잔뜩 취하여
그 아가씨 모습
더욱 고와 보이겠지

霎時間雨歇天晴又作一章

雨潤樹瑩如抹酥
遠山霧裏有還無
光風吹作乾坤霽
忽見青空紫陌都

삽시간에 비가 그치고 날이 개어 다시 한 수를 짓다

비가 나무를 적셔 빛이 나니
연유를 칠한 듯하고
먼 산은 안개 속에서
보였다가 다시 보이지 않는다

맑은 바람 불어와
천지가 개니
서울 거리에
홀연 푸른 허공이 드러난다

嘆水災

戊寅夏大雨地異山及京畿江原三南一帶咸遭災死者數十人破屋數千戶
農田流失不可勝計

伏陰喪調爕
淫氛濕坤乾
數日雨滂沛
滔天水遙連
南嶽洞壑險
水勢先作愆
遊客唯計便
設幕占谿邊
奔流夜陻蹙
三更人熟眠
斗覺橫阨至
不知何處遷
溺漣苦哀叫
脫身衣裳顚
失子母頓足
呼妻夫裂咽
生者破肝膽
其命猶可綿
痛哉死歿者
招魂已九泉
災祟豈啻玆

都鄙無不然
京畿沒市井
三南吹陌阡
洪潦漲山野
激濤漏瀆川
牛馬不復辨
陂防何恃堅
版築不周給
官吏焦心煎
水淹大厦衢
水溢行人肩
救財滿負戴
救人划槎船
溝裏櫃器泛
樹梢衣衾懸
數歲經營物
一夜失如煙
田家又奈何
土沙穢圃田
徒勞耕春月
虛望豊收年
人命不惶恤
芻豢可顧全
黃犢望主翁
隨浪入渦旋

誰言天無僻
天禍貧者專
朱門卜居穩
窮巷污泥塡
破屋不忍睹
拊膺呼蒼天
死者長已矣
生者命何延
無家應露宿
乏糧尤可憐
賑濟幾日了
秋寒在目前

수재를 한탄하다

무인년 여름 큰비로 지리산 및 경기도 강원도 삼남 일대가 모두 수재를 입어 사망자가 수십 명이고 파손된 가옥이 수천 채이고 전답의 유실은 이루 다 헤아릴 수 없을 정도이다.

엎드려 숨어 있던 음기로 음양의 조화를 잃게 되어
도를 넘은 습한 기운이 천지를 젖게 하더니
며칠 동안 비가 퍼부어
하늘에 닿을 듯 범람한 물이 아득히 이어졌다

남악인 지리산은 골짜기가 험하여
물의 기세가 그곳에서 먼저 화를 만들었다
놀러 온 사람이 오직 편의만 꾀하여
계곡 가를 골라 장막을 쳤는데
쏟아지는 물이 밤에 서로 부딪혀 격렬하게 흐를 때
삼경이라 사람들은 깊이 잠들어 있었으니
횡액이 이르렀음을 알아챈 다급한 순간
어디로 옮겨가야 할지 알 수가 없었다

물에 빠진 사람은 애달프게 소리 지르며 괴로워했고
몸을 빠져나온 사람은 위아래 옷을 거꾸로 입었으며
자식 잃은 어미는 발을 동동 굴렀고
지어미를 부르는 지아비는 목이 터졌다
살아남은 자는 간담이 부서졌지만
그 목숨은 그래도 이어갈 수 있을 터
애통하다 죽은 자여

혼을 불러도 이미 구천에 가버렸다

재앙이 어찌 이에 그쳤으랴
도회지고 시골이고 그러하지 않은 데가 없으니
경기 지역은 저자가 잠겨 버렸고
삼남 지역은 전답이 날아가 버렸다
거대한 빗물이 산과 들에 불어나서 넘치고
격렬한 물결이 큰 강에서 터져 나와
질펀한 물 저쪽 편을 보면 소인지 말인지 구분이 되지 않을 정도이니
둑이 견고하다고 믿을 수가 있겠는가
무너진 것을 다시 쌓는 일이 제대로 이루어지지 않아
관리는 타들어 가는 마음을 달달 볶는다

큰 건물이 늘어선 큰길은 물에 잠겨
지나가는 사람 어깨에까지 물이 넘실거릴 지경
재물을 구하느라 머리와 등에 잔뜩 이고 지었고
사람을 구하느라 떼와 배를 젓는다
도랑에는 궤짝과 그릇이 떠다니고
나무 끝에는 옷과 이불이 걸렸으니
여러 해 장만한 기물이
하룻밤에 연기처럼 사라져버렸다

농가는 또 어떠한가
토사가 채마밭과 논을 더럽혔으니
봄에 농사지은 게 헛수고여서

풍년을 바란 것이 허무하기만 하다
사람 목숨도 돌볼 겨를이 없으니
가축이 온전한지 돌아볼 수 있겠는가
누런 송아지가 주인 할아버지 바라다보면서
물결에 휩쓸려 소용돌이 속으로 들어가 버렸다

하늘은 치우침 없이 공평하다고 누가 말했나
하늘이 내리는 화를 오로지 가난한 사람만 겪으니
붉은 대문 부잣집은 터 잡은 게 온당하여 무사하건만
가난한 사람 사는 골목은 더러운 진흙이 메워 버렸다
부서진 집을 차마 볼 수 없어서
가슴을 치며 하늘을 불러 보는데
죽은 자야 영원히 끝나버렸거니와
산 자는 목숨을 어떻게 이어가리오

집이 없어졌으니 밖에서 노숙해야 할 처지
식량 부족한 게 더욱 가련한 일인데
재난 구제는 며칠이나 걸려야 끝나려나
가을 추위가 바로 눈앞에 와 있는데

산에서 폭우를 만나 조난되었을 때는 살아남기만 하면 그만이지만, 집이 수재를 입어 가산이 다 소실되면 살아남아도 산 게 아닐 것이다.

賀雲峰公古稀壽宴

雲峰公吾友姜聲尉君之岳丈嘗從事於軍務今退老於鄉里

弧宴方回稀甲春
氤氳瑞氣滿家新
干城往日終成美
泉石今年篤守眞
遶植芝蘭香郁郁
和彈琴瑟樂津津
又加甥館輸誠侍
可卜期頤福命珍

운봉공의 고희 수연을 축하하다

운봉공은 내 벗인 강성위 군의 빙장이다. 일찍이 군무에 종사하였는데 지금은 은퇴하여 향리에서 노년을 보내고 있다.

남아의 생일잔치가
이제 일흔 해가 되었으니
천지의 상서로운 기운이
집안 가득 새롭다

나라의 방패가 되고 성이 되었던 지난날
유종有終의 아름다움을 이루시고
샘과 바위 자연 속에서 사는 오늘
참된 마음을 독실하게 지키신다

뜰을 둘러 심은 지란은
향기를 물씬 풍기고
어울려서 타는 금슬로
그 즐거움이 넘쳐난다

게다가 사위가
정성을 들여 모시니
백 살까지 진귀한 복 누리실 것을
미리 점칠 수가 있겠다

秋荷

秋氣蕭蕭已惹悲
况于離合斷腸時
花顒憔悴何無語
露涙晶瑩總是思
姸態墮風波起滅
芳魂銷雨月圓虧
應知後日獨尋處
驚夢孤情難自持

가을 연蓮

가을 기운 쓸쓸하여
이미 슬픔 자아내는데
하물며
만났다가 헤어지게 되어 애가 끊어지는 때임에랴

꽃의 뺨 초췌하니
어찌 할 말이 없겠는가
이슬 눈물 반짝이니
그 모두가 시름이다

어여쁜 자태 바람에 떨어지니
물결이 일었다가 사라지고
향기로운 혼이 비에 녹아 사라진 뒤
달은 찼다가 기울 터

연도 응당 알고 있겠지
뒷날 나 홀로 찾아온 이곳에서
놀라 꿈에서 깨어난 외로운 심사
스스로 견뎌내기 어려우리라는 것을

生朝有感

劬育恩功海水深
常嗟肯構至于今
悅親莫若無貽辱
須效先賢愼履臨

생일날에

힘들여 키워주신 은공이
바닷물처럼 깊으니
어버이 뜻을 잇지 못한 것을 늘 한탄하며
오늘에 이르렀다

어버이를 기쁘게 하는 일은
욕을 끼치지 않는 것만 한 게 없으리니
선현이 몸가짐을 늘 조심했던 모습
본받아야 하겠다

'긍구肯構'는 부친이 시작한 일을 자식이 계승하는 것을 뜻하는 말로 《서경書經·대고大誥》에 보인다. 제4구는 《논어·태백泰伯》에서 증자가 "如臨深淵, 如履薄氷.(깊은 못에 임한 듯이, 얇은 얼음판을 밟는 듯이 한다.)"이라는 《시경》 구절을 끌어와 했던 말과 관련이 있다.

戀主臺

一間庵子峭巓成
風拂塵襟心自淸
巨石依身聽梵唱
神情恍悟妙難名

연주대

깎아지른 산꼭대기에 만들어진
한 칸 암자
그곳 바람이 세속 먼지 가득한 옷깃을 스치자
마음 절로 맑아진다

거대한 바위에 몸을 기대고
독경 소리 들으니
마음에 무언가 깨달음이 있는데
미묘하여 말로는 표현하기 어렵다

獨遊山中

昨雨今朝霽
獨尋山色淸
空林聞草氣
靜徑看花榮
耳滿溪流溢
心無世事營
松亭不知返
月已掛枝明

홀로 산속에서

어제 내리던 비가
오늘 아침에 개었기에
맑은 산 기운을
홀로 찾아 나서서
인적 없는 숲에서
풀 냄새를 맡고
고요한 산길에서
꽃이 핀 모습 본다

넘쳐흐르는 물소리
귀에 가득하니
세상사 꾸려갈 생각
마음에서 없어져
솔숲 정자에 앉아
돌아갈 줄 모르는데
떠오른 달이
이미 솔가지에 걸려 밝다

論密雲不雨寄葛山

西郊雲密未施澤
雨後運通如沛流
姬伯危身觀八卦
周家成業繼千秋
知時必待其時得
順命將期後命優
今卜風天君勿嘆
有孚復道自無尤

밀운불우를 논하여 갈산에게 부치다

서쪽 교외에 잔뜩 낀 구름이 아직 은택을 베풀지 못했으니
비가 내린 뒤에야 물이 시원하게 흐르듯 운수가 대통할 것이다

몸이 위태롭다 생각한 희백이 팔괘를 살펴보고 처신하자
주나라 왕가王家가 대업을 이루고 천추에 이어졌지
때를 안다면 좋은 때 얻을 날을 기다리는 법
운명을 따르면 뒷날의 좋은 운명을 기대할 수 있으리라

그대 지금 풍천 소축小畜 괘를 점쳤다고 탄식하지 마시라
정성스러운 마음으로 올바른 도를 따라 돌아오면 절로 허물이 없으리니

'밀운부우'는 구름만 잔뜩 낀 채 비가 내리지 않는다는 뜻으로, 여건이 갖추어졌거나 조짐은 보이지만 아직 일이 성사되지 못한 상황을 비유한다. 《주역》 소축小畜 괘의 괘사에 나오는 말인데, 소과小過 괘의 육오六五 효사에도 이 말이 보인다. 주周나라 문왕文王은 대다수 제후의 신망을 얻었지만 은殷나라를 치지 않았다. 아직 때가 되지 않았다고 생각하여 더 기다렸는데, 아들인 무왕武王 때에 이르러 마침내 은나라를 멸하고 천하를 차지하였다.
'풍천'은 소축 괘를 말하고 '서교西郊', '유부有孚', '복도復道'는 모두 그 괘의 괘사나 효사에 나오는 말이다.
갈산이 능력을 펼칠 기회를 아직 얻지 못하였으니 심사가 혹 답답하지나 않을까? 때가 되면 갈산의 운수가 크게 트일 것이다.

國家財政危機克服

古來世局變暄寒
和協克危何事難
深恨度支機務敗
共謀捐助義金攢
官廉後可爲規範
民儉方能解錯盤
乖亂責誰應自責
鑑今將冀後生安

• 時國庫美貨不足故國際通貨基金見助(이때 국고에 미화美貨가 부족하여 국제통화기금의 도움을 받았다.)

국가 재정 위기 극복

예로부터 세상사 형국은
치란治亂이 바뀌었지만
화합하고 협력하면
위기 극복에 어려울 일이 무엇인가

국가 재정의 중요한 일을 그르쳐서
몹시도 한스럽지만
의연금을 모아 도우려는 일을
우리 함께 꾀하고 있다

관리는 청렴해야만
모범이 될 수 있고
백성은 근검함으로써
얽히고설킨 일을 풀 수 있는 법

이 난리를 누구 탓이라 할 것인가
의당 우리 스스로를 탓해야지
오늘의 일을 거울삼아
앞으로 후인들의 삶이 편안하기를 기대해 본다

迎春有感

書樓寂寂獨居身
山野料知光景新
野陌泥融風醒卉
院池萍綠水怡鱗
案頭歲月容衰色
輦下功名心染塵
反復循環天地裏
生涯已半又迎春

봄을 맞이하며

적적한 연구실에
혼자 있는 몸이지만
산과 들의 풍광 새로워졌을 것을
헤아려 알 수 있으니
들길에 진흙이 녹아
바람이 풀을 깨우고
뜰의 못에 개구리밥 푸르러져
물에서 노는 물고기 기뻐하겠지

책상머리의 세월에서
얼굴은 빛이 쇠하고
서울 땅의 공명을 좇아
마음은 풍진에 물든 채
반복하여 순환하는
이 천지 속에서
이미 생애의 반을 보내버리고
또 다시 봄을 맞이하는구나

春日偶吟二首 其一

書館終朝飜古籍
校庭煙柳舞和風
案上沒頭何日了
此時寧可醉花叢

봄날에 우연히 읊다 제1수

도서관에서 진종일
고서를 뒤적이는데
교정에는 푸른 빛 아련한 버들이
부드러운 바람 속에 춤을 춘다

책상 위에 머리 파묻고 지내는 일
언제나 끝이 날까
이런 시절에는
차라리 꽃 더미 속에서 취하는 게 낫겠지

春日偶吟二首 其二

紅顔白髮春秋異
花月年年却一般
欲挽靑陽知不可
醉身今日又蹣跚

봄날에 우연히 읊다 제2수

붉은 얼굴이 흰 머리로 바뀌며
봄가을로 달라져 가는데
꽃과 달의 아름다운 봄은
해마다 같구나

푸른 봄 붙잡아 두고 싶어도
되지 않을 것을 알기에
오늘도 술에 취해
비틀거리며 걷는다

次友人見訪韻

友來時屬秋
江上得歡遊
衰鬢驚年月
壯心連酌酬
共筵赤楓照
岐路黯雲愁
人去瓊琚墜
持吟步夕洲

벗이 찾아와 써준 시에 차운하다

가을날
벗이 찾아와
강가에서
즐겁게 놀게 되었다

살쩍이 센 것 보고
세월에 놀랐지만
마음은 아직도 씩씩하여
연거푸 술잔을 주고받는다

함께한 자리
붉은 단풍이 비추더니
갈림길에서 헤어질 때
어둑한 구름이 시름겹다

아름다운 옥 소리를 떨어뜨려 놓고
사람이 갔기에
그것을 가지고 읊조리며
저녁 모래톱을 걷는다

儒風振作

夫子闡明情性眞
爾來治敎每崇仁
黎民學禮自知愧
庶士敬天而愛人
歧路今迷由忘本
白絲已染可歸淳
勿言古道乖新法
葩藥燦然其土陳

유풍 진작

공자께서
사람의 성정이 참됨을 천명하시어
그 후로 정치하고 교육할 때
언제나 인을 숭상하였다

백성은 예를 배워
부끄러움을 절로 알게 되었고
뭇 선비는 하늘을 공경하면서
사람을 사랑하였다

오늘날 사람들이 갈림길에서 헤매는 것은
근본을 잊어버린 탓
흰 실이 이미 물들어버리면
깨끗한 상태로 다시 돌아갈 수 있겠는가

옛 도가 새로운 법에는 맞지 않다고
말하지 말라
찬란히 핀 꽃도
그것을 자라게 한 흙은 오래된 것이라네

'다기망양多岐亡羊'이라는 말이 있다, 《열자列子》에 나오는 우언으로 여러 가지를 배우다가 근본을 잃게 되는 것을 비유한다. '묵자비사墨子悲絲'라는 말이 있다. 묵자가 흰 실이 물드는 것을 보고서 슬퍼했다는 이야기로, 나쁜 것에 물드는 것을 경계하는 뜻이 담겨 있다.

讀白雲小說後作六章 其一

詩格卓如天外峯
論詮亦出衆凡中
瀛洲翰苑千花競
此老遺音最古風

≪백운소설≫을 읽고 제1수

시의 탁월한 격조가
하늘 밖 봉우리 같은데
시에 대한 논평과 해설도
범상한 경지를 벗어났다

영주의 글 동산에서
온갖 꽃이 아름다움을 다투는데
이 어른 남긴 시가
가장 고풍스러워라

여섯 수 절구에 같은 운자를 사용하였다. 작시 연습 삼아 한번 시도해 본 것일 뿐이다.
'영주'는 우리나라를 말한다.

讀白雲小說後作六章 其二

酷好白雲居嶺峯
卜居宜在白雲中
放情方外塵機忘
曠達其生長者風

• 陶弘景詩山中何所有嶺上多白雲(도홍경의 시에 "산 속에 무엇이 있는가? 산 고개 위에 흰구름이 많다."라는 말이 있다.)

≪백운소설≫을 읽고 제2수

고개와 봉우리에 머문 흰 구름을
아주 좋아하셨으니
거처를 정한 곳도
의당 흰 구름 속이었겠지

세속 밖에서 마음을 풀어놓고 살아
기심機心을 잊으셨으니
광달한 그 삶
큰 어른의 풍모로다

讀白雲小說後作六章 其三

携妓載醪春入峯
詩心不緩病軀中
三魔又有彈琴癖
綠綺閑聽松壑風

- 李圭報三魔詩予年老久已除色慾猶未去詩酒云云(이규보의 <삼마시>에서 "내가 연로하여 오래전에 이미 여색에 대한 욕심은 버렸지만 아직도 시와 술에 대한 욕심은 버리지 못했다."라고 하였다.)

≪백운소설≫을 읽고 제3수

기녀를 데리고 술을 싣고서
봄날 산에 들어가셨으니
시심은 병든 중에도
느슨해지지 않았다

세 마구니에
또 금 타기를 좋아하는 성벽도 있어서
녹기금 연주하며
솔 골짝의 바람을 한가롭게 들으신다

'녹기'는 옛날에 있었던 금의 명칭인데, 후대에는 금을 뜻하는 말로 쓰인다. '송학풍松壑風'은 금으로 연주하는 소리이기도 하다.

讀白雲小說後作六章 其四

或比流波或峙峯
縱橫新意出胸中
如神下筆萬鈞勢
大手運斤生勁風

≪백운소설≫을 읽고 제4수

어떤 때는 흐르는 물결처럼
또 어떤 때는 높이 솟은 봉우리처럼
새로운 시상이
흉중에서 종횡무진 나온다

신 내린 듯한 붓의
어마어마한 기세
대목수가 도끼를 휘두를 때
쌩쌩 바람이 이는 듯

讀白雲小說後作六章 其五

五岳三山皆美峯
畵移各得匠心中
人非鸚鵡詩嫌似
東國新詩東國風

≪백운소설≫을 읽고 제5수

중국의 오악과 우리나라의 삼산이
모두 아름다우니
그에 대한 정묘한 구상을
각각 화폭에 옮길 수 있다

사람은 앵무새가 아니고
시는 비슷한 것을 꺼리니
동국의 새 시는
동국풍이어야 한다고 주창하셨지

삼산은 봉래산蓬萊山, 방장산方丈山, 영주산瀛洲山을 말하는데, 고대 중국인의 전설에 의하면 신선이 사는 산으로 동해에 있다고 한다. 우리나라의 금강산이 봉래산, 지리산이 방장산, 한라산이 영주산에 해당한다.

讀白雲小說後作六章 其六

恰如培塿仰巍峯
拙性難窺奧室中
不宜九體何由避
攀執先生學正風

• 論語由也升堂未入於室也(≪논어·선진先進≫에 "유는 당에는 올랐고, 아직 방안에 들지는 못했다."라는 말이 있다.)

≪백운소설≫을 읽고 제6수

마치 낮은 구릉이
높은 산을 우러러보는 듯하니
이 졸렬한 천성으로는
방 안의 깊숙한 경지를 엿보기 어렵다

잘못된 작법作法을
어떻게 하면 피할 수 있을까
선생을 꼭 부여잡고 따라가
정풍正風을 배워야 하리라

≪백운소설≫에서 이규보는 '구불의체九不宜體' 즉 글을 지을 때 해서는 안 되는 아홉 가지 사항에 대하여 논급하였다.

寄葛山

欲飛忍歷見潛時
大器磋磨甘久遲
睟盎性情同道傑
優游學問我儕師
銜杯樂酒人相與
披冊論詩誰敢疑
將踏雲梯到天上
堂堂伸志自今期

갈산에게 부치다

용이 하늘을 날고자 하면
물에 잠기고 땅에 나타나는 때를 참고 지내야 하듯이
큰 그릇을 갈고 닦느라
시일이 오래 걸리는 것을 달게 받아들였겠지

덕의 기운이 넘쳐나는 성정은
동지 가운데 호걸이고
넉넉한 학문은
우리 무리의 스승

잔을 물고 술을 즐길 때는
사람들과 잘 어울리거니와
책을 펼쳐 놓고 시를 논할 때면
누가 감히 의심하랴

앞으로 구름 사다리 밟고서
하늘 위에 이를 테니
당당하게 뜻을 펴기를
이제부터 기대해 본다

용이 날려면 즉 비룡飛龍이 되려면 물에 잠겨 있는 '잠룡潛龍'의 시기와 땅에 나타나는 '현룡見龍'의 시기를 거쳐야 한다. 《주역》 건괘乾卦에 이 이치가 담겨 있다.

冬日卽事

朝暉方破曉
信步入空山
氷白嶄崖上
松青落木間
移身盤石滑
漱齒冷泉潺
踏雪留痕路
獨來而獨還

겨울날에

아침 햇살에
동이 막 트자
발걸음 내키는 대로
빈 산에 든다

깎아지른 벼랑 위에
얼음이 하얗고
잎 떨어진 나무숲 사이에
소나무가 푸르다

미끄러운 너럭바위에서
몸을 옮겨
졸졸 흐르는 찬 샘물로
이를 씻는다

눈을 밟아
자취 남긴 길
그길로 홀로 왔다가
다시 홀로 돌아간다

惜別故人

兩人心似斷絃琴
默默傾壺山夜深
此處寒林蕭瑟景
孤情明日獨來尋

벗과 아쉽게 이별하다

두 사람 마음
현이 끊어진 금 같아서
말없이 술병 기울이는데
산의 밤은 깊어간다

이곳 차가운 숲의
소슬한 풍경
외로운 마음에
내일 나 홀로 다시 찾아오겠지

雪花

樹樹雪光貼
疑如花發冬
但惜天翁畵
不含香氣濃

눈꽃

나무마다 붙어 있는 눈의 빛
겨울에 흰 꽃이 피었나 싶은데
아쉽게도 조화옹造化翁의 그림이
진한 향기는 담지 못했다

雪景

雪覆汚塵後
山川爲玉容
蓬萊何必訪
仙界眼前逢

설경

더러운 세상 먼지를
눈이 덮고 나니
산천은
옥 같은 모습이 되었다

봉래산을
찾을 게 있나
선계仙界를
바로 눈앞에서 만났으니

冬夜

冬夜皆無事
消燈坐忘機
恍如遊大莫
體察道夷希

겨울밤

겨울밤은
언제나 할 일이 없어
등 끄고 앉아
속된 생각 잊어버리니
아득하고 텅 빈 세계에
노닐어
보지도 듣지도 못하는 도를
몸으로 느끼는 듯

'이夷'는 보려고 해도 보이지 않는 상태이고 '희希'는 들으려고 해도 들리지 않는 상태이다. 《노자老子》는 이런 용어를 사용하여 눈, 귀 등의 감각기관으로는 도를 인식할 수 없다는 사실을 설명하였다.

辛巳元朝

今朝肇歲旭紅光
可兆吾東運步强
沃野漢江流迴闊
鎭都北岳氣雄剛
統邦域日翹頭待
齊衆心時屈指望
身事他年何有異
安分知命守彝常

신사년 새해 아침

한 해를 시작하는 오늘 아침
붉은 햇빛 솟아오르니
우리 동방의 나라 운세가 강성해질 것을
점칠 수 있구나

들을 기름지게 하는 한강
아득히 멀리 흐르고
도성을 눌러서 안정시키는 북악
기세가 씩씩하고 굳건하다

방역邦域을 통일하는 날을
머리 들고 기다리며
민중의 마음 하나가 되는 때를
손꼽으며 바란다

이 몸의 일이야
다른 해와 다를 게 없으니
분수에 만족하고 천명을 알아
떳떳한 도를 지키며 살아 가련다

紙鳶競技

喜看風勢滿天地
衆試紙鳶無女男
乍下乍昇由妙術
孰先孰後共歡談
飛形隨鳥淩山氣
斷影浮雲入谷嵐
心快何知其勝負
舞歌同樂興餘酣

연날리기 시합

바람의 기세가 하늘과 땅에 가득하니
이를 보고 기뻐서
사람들 모두 종이 연을 날리니
남녀가 따로 없다

번듯 내려갔다가 번듯 다시 오르니
기술이 신묘해서라
누가 앞서나 누가 뒤처지나 하면서
함께 즐겁게 이야기한다

허공 위의 연은 새를 따라
산 기운 위로 날아오르고
줄 끊어진 그림자는 구름처럼 떠가다가
골짝의 이내 속으로 사라진다

마음이 유쾌하니
이기고 지는 게 무슨 대수랴
춤추고 노래하며 함께 즐기니
넘치는 흥에 절로 취한다

望月懷遠

可知三五夜
千里兩心同
庭靜蟲鳴草
天明雁逐風
相思杯酒後
獨步月光中
遙想憑高閣
强寬孤寂衷

달을 보며 먼 곳을 그리워하다

알 수 있다
이 삼오야 보름밤
천 리 떨어진 곳에서
두 마음이 서로 같으리라는 것을

고요한 뜰
벌레가 풀에서 울고 있고
밝은 밤하늘
기러기는 바람 좇아 날아간다

술잔의 술에
그리움 일어
달빛 속에
홀로 거닌다

멀리 떨어진 그곳 생각해보니
높은 누각에 기대어
고적한 심사
애써 달래고 있겠구나

秋日校庭卽事

風光秋日好
薄暮物情閑
鳥沒遠嵐外
楓酣斜照間
忙身何可玩
靜味竟無關
倚閣聊流覽
强於書室還

가을날 교정에서

풍광은
가을이어서 좋고
어스름 저녁이라
만물의 모습 한가롭다

먼 산 이내 너머로
새가 사라지고
석양 비치는 곳에
단풍이 붉게 취해 있다

바쁜 몸
어찌 이런 풍경 즐기랴
고요한 정취는
나와 상관없는 것

각도閣道에서
잠시 둘러보다가
억지로
연구실로 돌아간다

正月中澣遊河東郡時蟾津江梅花未開

南行千里覓江梅
春水已汪花未開
無奈東風還弱力
歸途但可卜重來

정월 중순 하동군에 놀러 갔을 때 섬진강 매화가 아직 피지 않았다

남행 천 리 길
매화를 찾아갔더니
봄 강물은 이미 넘실거리는데
꽃은 아직 피지 않았다

동풍이 아직 힘이 없는 것을
어찌하리오
돌아오는 길에서
다시 찾아올 날 점쳐볼 수 있을 뿐

東風

煙雨霏霏獨上臺
花時醉客思難裁
東風每惹故園恨
春樹向誰今又開

동풍

안개비 부슬부슬 내리는 날
홀로 누대에 올라
꽃 피는 시절에 술 취한 객
이 심사 어찌하랴

동풍은
매양 고향을 생각나게 한다
봄날의 나무
누구를 향해 지금 또 꽃을 피웠을까

壬午年孟春兩次訪到蟾津江梅花村初次花未發再訪之日數百株皆花發香滿上下恍惚如別世界也梅花者開花期固短促不易逢如此景故欲留宿飽享佳緣但冗務拘身當日歸京眞可惜也

千里何由來往頻
仙區止有霎時春
驛江待似迎京客
村谷隱疑遐俗鄰
素影滿林能奪眼
暗香浮徑又淸神
攀枝留戀君休笑
歸步明朝踏世塵

임오년 맹춘에 두 차례 섬진강 매화 마을을 찾아갔다 처음 갔을 때는 꽃이 아직 피지 않았고 다시 찾은 날에는 수백 그루에 모두 꽃이 피어 향기가 위아래로 가득하니 별세계인 듯 황홀하였다 매화는 꽃 피는 기간이 본래 짧아 이 같은 경치를 만나기가 쉽지 않다 그래서 하룻밤 묵으며 좋은 연분을 실컷 누리고 싶었지만 잡다한 일이 내 몸을 얽매고 있기에 당일로 서울로 돌아왔으니 정말로 애석한 일이다

무슨 연유로
천 리 길을 빈번하게 오가는가
선계仙界에는
삼시간의 짧은 봄만 있어서라네

역 옆 강가에서 기다리고 서 있는 모습
서울서 온 나그네를 맞이하는 듯하더니
촌 골짝에 숨어 사는 것을 보니
속된 이웃을 멀리하려는 게 아닐까

흰빛이 숲에 가득하여
눈길을 빼앗더니
은은한 향기 길에 떠다녀
또 정신을 맑게 해준다

가지 부여잡고 머뭇거린다고
그대여 웃지 마시라
돌아가는 발걸음
내일 아침이면 세상 풍진을 밟아야 하는 탓이니

春日智異山中

此谷彼山都可意
壺中世界又逢春
一祛俗累移輕步
卽作東西自在身

봄날 지리산 속에서

이쪽 골짝 저쪽 산
모두 마음에 맞으니
호리병 속 신선 세계에서
또 봄날을 맞았구나

속된 근심 한번 털어내 버리고
가벼운 발걸음 옮기니
그 순간 바로
동서남북 자유로운 몸이 되었다

雙溪寺次十八賢韻二首 其一

名山氣巋然
古刹風淸絶
活水響無窮
雙溪長印月

쌍계사에서 열여덟 현인의 시에 차운하다 제1수

이름난 산
산 기운이 우뚝하니 높고
오래된 사찰
바람이 아주 맑다

살아있는 물이 흐르는 소리
다함 없이 울리며
쌍계에는
길이길이 달이 찍힌다

雙溪寺次十八賢韻二首 其二

鶴仙跡渺茫
會詠事奇絶
遊客懷古夜
靜庵唯伴月

쌍계사에서 열여덟 현인의 시에 차운하다 제2수

학을 타던 신선
그 자취 아득하고
모여서 시 읊은 일
기이하기 그지없다

나그네가 옛일을 회상하는
이 한밤
고요한 암자에서
오직 밤하늘의 달과 함께 한다

'학선鶴仙'은 최치원이다. 전설에 의하면 그가 지리산에 있을 때 학을 불러서 타고 다녔다고 한다.

柳

堪憐煙綠映柔枝
更値方塘雨灑時
院徑餘寒花未發
自從汝始試春詩

버들

자욱한 푸른 빛 속에 비쳐 보이는 부드러운 가지
그 모습도 예뻐할 만한데
더구나
네모진 연못에 비가 뿌릴 때임에랴

뜰의 길에 추위가 남아
꽃이 아직 피지 않았으니
봄 시 짓는 일은
너를 읊는 것으로 시작해야겠구나

春日黃砂杜門不出戱作六韻

掩窓手急又眉顰
砂襲青春滿垢氛
池水染汚魚喘沫
山風浮穢鳥逃雲
午時猶曖時難辨
嶺日深遮日易曛
弱質豈驕嫌出入
悶懷何遣閱詩文
肢筋無賴屈伸數
鼻氣有壅呼吸勤
倚壁焦容今悵望
溪花待我馥芬芬

봄날 황사로 집에 갇혀 출입할 수 없게 되어 장난삼아 짓다

창문을 닫는 손은 다급하고 눈살마저 찌푸리니
황사가 푸른 봄을 습격하여 더러운 먼지 가득해서이다

연못의 물 오염되어 물고기가 거품 뿜으며 헐떡이고
산의 바람에 더러운 먼지 떠다니니 새는 구름 속으로 달아난다
한낮인데도 날씨가 흐려 때를 분간하기 어렵고
고개 위의 해가 심히 가려져 있어 날이 쉽게 저문다

약질의 몸이 잘난 척하랴 하는 생각에 출입을 삼가고
답답한 심사를 풀 길 없으니 시문이나 뒤적거릴 수밖에
사지 근육을 어찌해볼 수 없어 굽히고 펴기를 자주 하고
코의 숨이 막히니 들이쉬고 내쉬기를 부지런히 한다

초조한 얼굴로 벽에 기대어 안타깝게 밖을 바라다보니
시냇가에 핀 꽃이 향기를 뿜으며 나를 기다리고 있어서라

칠언배율이다. 수구는 인운으로 압운하였다.

汝矣島賞春

遊客停車何處在
櫻枝夾路列西東
昨風花發今風落
春影去來虛幻中

여의도의 봄

나들이 나온 객
어디에 차를 세웠나
벚나무 가지가 길을 끼고
동서로 줄지어 있는 곳

어제 분 바람에 꽃이 피더니
지금 부는 바람에 떨어지고 있으니
봄빛의 오고 감은
환화幻化 세계 속이다

賦得至人無夢

晝畋而夜哭
好事使魔臻
物化變斯彼
人情迷僞眞
夸談壺裏事
難寤枕中身
浮幻金門貴
空虛仙洞春
坐忘因墮體
懸解示安辰
應學漆園吏
長爲無夢民

도인은 꿈꾸지 않는다는 이야기를 시로 읊다

낮에 신나게 사냥하던 사람이 밤에 슬퍼서 곡을 하니
좋은 일에는 마魔가 끼는 법
사물은 이것에서 저것으로 바뀌건만
사람은 거짓과 참 사이에서 미혹된 채 살아간다

호리병 속 신선 세계의 일을 터무니없이 떠들며
베개 속 일장춘몽의 몸인 것을 깨닫지 못하는구나
고관대작 귀한 신분은 덧없기만 하고
신선이 사는 동천洞天의 봄날도 허무한 것이라네

무념무상으로 앉아 있었던 것은 형체를 버리고 잊었기 때문
얽매임에서 풀려난 경지는 때를 편히 여기고 살았음을 알려주니
나도 응당 칠원의 관리를 배워
길이길이 꿈 없는 백성이 되어야겠다

오언배율이다.

《장자莊子》 <제물론齊物論>에서 "꿈속에서 술을 마시던 자가 아침에 슬퍼서 울고 꿈속에서 울던 자가 아침이 되면 신나게 사냥한다. 꿈꾸고 있을 때는 그것이 꿈인 줄 몰라서 꿈꾸는 중에 그 꿈꾼 일을 점치다가 깨고 나서야 그것이 꿈인 줄 안다.(夢飮酒者, 旦而哭泣, 夢哭泣者, 旦而田獵. 方其夢也, 不知其夢也, 夢之中, 又占其夢焉, 覺而後知其夢也.)"라고 하였다. <대종사大宗師>에서는 "옛날의 진인眞人은 잠을 자도 꿈꾸지 않고 깨어 있어도 근심이 없다.(古之眞人, 其寢不夢, 其覺無憂.)"라고 하였다. 제5구는 한漢나라 비장방費長房의 호중천壺中天 이야기와 관련되고, 제6구는 한단지몽邯鄲之夢의 고사를 이용한 말이다. 제9구와 제10구는 《장자》에 관련되는 말이 있다. '칠원의 관리'는 장자를 가리킨다.

春遊始興蓮城郊野二首 其一

偶因休澣覓靑春
畿甸坰郊勝事存
雲物浮湖已遐市
酒杯置陌似歸園
日斜芳草連天綠
雨歇鳴禽翔野喧
聞說官池蓮種異
重來細看色香論

* 姜希孟從明國歸來時求得南京所産錢塘紅而植官谷池(강희맹이 명나라에서 돌아올 때 남경에서 자라는 전당홍을 구해 관곡지에 심었다.)

경기도에 속한 시흥시에는 호조벌이라는 너른 들이 있고 그 벌에 보통천과 은행천이 흐른다. 그리고 물왕저수지가 있는데 둥글고 넓어 마치 호수 같아 보이는 아름다운 곳이다. 하중동에 있는 관곡지는 연꽃의 명소이다. 강희맹 선생이 명나라에 갔다가 남경의 유명한 연꽃인 전당홍錢塘紅 종자를 가져다 이 연못에 심었다. 훗날 연이 번식하여 이곳이 유명해지자 지명도 연성이라 바꾸어 불렀다. 이곳을 처음 찾았을 때 봄이라 연이 아직 피지 않아 아쉬웠다.
수구는 인운으로 압운하였다.

봄날 시흥의 연성 들에서 노닐다 제1수

휴가철이라
우연히 푸른 봄을 찾아 나섰더니
경기 지역 들판에
좋은 일이 있구나

하늘의 구름이 호수에 떠 있으니
저자와는 이미 멀어졌고
술잔을 들길에 놓고 마시니
고향 전원에 돌아온 듯하다

해 비낀 저녁 무렵
향기로운 풀은 하늘가에 이어지며 푸르고
비 그친 들에는
날아다니는 새가 요란하게 지저귄다

들은 말로는
관곡지의 연蓮이 종자가 특이하다 하니
다시 찾아와서 자세히 보고
그 빛과 향을 논해야겠다

春遊始興蓮城郊野二首 其二

平畦四處注長川
春事亦興馳道邊
築堰前朝遮鹵水
稼禾今日卜豊年
封侯失跡陵唯碣
學士遺功池滿蓮
此地初遊愜吾意
自疑夙世有佳緣

• 始興有戶曹堰畓此地本爲海邊鹵土朝鮮景宗時築堰遮海水入墾爲禾田又有晉州姜氏墓域安城府院君李叔蕃墓安東權氏世家等名所(시흥시에 호조벌이 있다. 이곳은 원래 바닷가의 소금기 있는 땅이었는데 조선 경종 때 방죽을 쌓아 바닷물의 유입을 차단하고 벼를 심는 논으로 개간하였다. 또 진주 강씨 묘역, 안성부원군 이숙번의 묘, 안동 권씨 세가 등의 명소가 있다.)

봄날 시흥의 연성 들에서 노닐다 제2수

너른 들 사방 곳곳에
긴 내가 흘러들어
차가 달리는 큰길 옆에서도
봄 농사를 짓는다

전대前代에 방죽 쌓아
소금물을 막았으니
벼를 심은 오늘
풍년을 점치게 된 것

봉후는 자취 잃어
무덤에 비석뿐이지만
학사는 공을 남겨
못에 연꽃이 가득하다

이곳에 처음 노닐지만
내 마음에 맞으니
어쩌면 전생에
나와 좋은 연분을 맺지나 않았을까

이숙번은 태종의 공신으로 살아서 부귀를 누렸지만 지금 남은 것은 무덤뿐이다. 이와 달리 강희맹 선생은 연꽃을 심어 오늘 우리에게 아름다운 경관을 남겨 주었으니 고마운 일이다.

夢中作詩覺後戲作

平生最怕詩魔入
食色之間煎此身
若或通宵振氣焰
睡鄉猶作苦吟人

꿈속에서 시를 짓다가 깨고 난 뒤 장난삼아 짓다

평소 가장 두려운 일은
시마詩魔가 드는 것
식색食色 간에도
이 몸뚱아리를 들볶는다

어쩌다 밤새도록
기염을 떨치면
잠 속의 세계 안에서도
힘들게 시를 짓는 사람이 된다

述志二首 其一

解衣揮醉筆
一氣賦新詩
自樂平生志
何關人不知

나의 뜻 제1수

옷을 벗어 던지고
취한 붓을 휘둘러
단숨에
새 시를 짓는다

평소의 뜻을
나 스스로 즐기리니
남이 몰라준들
무슨 상관이겠는가

述志二首 其二

絶踪名利路
日日覓青山
松韻與石趣
逍遙心自閒

나의 뜻 제2수

명리의 길에서
발걸음 끊고
날마다
푸른 산을 찾는다

소나무의 멋
그리고 바위의 맛
그 속에서 소요하니
마음 절로 한가롭다

春夢

韶光一失難追影
今後將逢幾許春
若見莊生應怪我
夢中還惜夢中辰

봄꿈

봄빛이 한번 사라져버리면
그 그림자 좇아가서 잡을 수 없는 법
오늘 이후
이런 봄을 몇 번이나 만나게 될까

만약 장생을 보게 되면
분명 나를 나무라겠구나
꿈속에 살면서
다시 꿈속의 시절을 아쉬워한다고

백 년 인생 그 자체가 꿈에 지나지 않은데 그 속에서 다시 봄이 꿈같이 가버렸다고 아쉬워하니 장자가 볼 때 얼마나 한심하겠는가?

八月十五日望月

羈寓幷州三十載
蓴鱸秋思忘如灰
但當此夜團團月
輒使鄉心覓酒杯

팔월 십오일 밤에 달을 바라보다

병주에서의 객지 생활
서른 해여서
순채국 농어회에 일어나던 가을날의 그리움
이제는 잊어버려 불씨 꺼진 재 같다

그럼에도
이 밤 둥글고 둥근 달을 대하면
고향 향하는 마음에게
매번 술잔을 찾게 한다

고향을 떠나 서울에서 산 지가 삼십여 년이니 이제는 이미 서울 사람이 다 되었다. '병주'는 요즈음 말로 제2의 고향을 뜻한다. 가도賈島의 〈도상간渡桑乾〉 시에서 유래한 말이다. '순채국'과 '농어회'는 고향 음식을 뜻하는 말이다. 진晉나라 장한張翰이 가을바람이 일자 고향의 순채국과 농어회 생각이 나서 귀향한 데서 유래하였다.